書下ろし

忍びの乱《らん》蝶《ちょう》

富田祐弘

JN197996

目次

《登場人物》

乱蝶……若き女盗人。幼い頃、冤罪《えんざい》で処刑された父母の潔白を晴らすために動く。

*

禅示坊……比叡山の下級僧侶。京都で闇の組織を牛耳り、手広く商いをする男。

*

螢火……乱蝶の邪魔をする女忍者。火薬を扱い、折に触れ花火を打ち上げる。
秘草……乱蝶の妹。優れた技術で窃盗の各種道具を造るのが得意。

*

岩松……八瀬童子。乱蝶の亡き父の従者であり、幼い頃の乱蝶の育ての親。
六郎……八瀬童子。幼い日の乱蝶に武術、忍びの技などを教えた男。
甚太郎……堅田の豪族。猪飼野家に関わりのある若侍で偶然、乱蝶を助ける。

*

修羅鬼……禅示坊の弟。極悪非道な殺しの組織〝閻魔の眼〟の頭領。
修伊……公家の出。勉学に励めば比叡山の偉い僧になれたが、坂本で商売を営む。

*

明智光秀…織田家の武将。比叡山焼き打ちで軍功をあげ、坂本城主となる。

序章

乱蝶《らんちょう》は闇を裂《さ》くように三条《さんじょう》通りをひた走った。

乱れた戦国の世だが、丑三《うしみ》つ刻《どき》（午前二時）ともなると京都の町は静まり返っている。

今宵は薄雲がたなびいて星はわずかしか見えず、月が雲間に隠れると繁《しげ》みの中は漆《しっ》黒《こく》の闇に覆《おお》われる。

夜気《やき》が肌を刺すように冷たい。

忍び装束に身を包んだ乱蝶はなおも走り続け、やがて町の木戸門を抜けて堀を飛び越えた。それから大きな屋敷の前で止まり、細縄を取り出した。先には鉤《かぎ》がついている。細縄は妹の秘草《ひぐさ》が絹糸に鉄線を組み入れつつ縒《よ》ってくれたものだ。それを土塀の向こうへ放るように投げた。

鉤縄は檜皮葺《ひわだぶ》きの塀の屋根を越え、内庭の樹の太枝に引っかかった。

縄を手繰《たぐ》りながら土塀をよじ登って乗り越え、飛び降りる。

人の気配がないのを確かめ、細縄を回収した後、裏門の閂《かんぬき》を内側から外した。盗みを終えた後、速《すみ》やかに逃げるための下ごしらえだ。

どこからか花の香りが漂《ただよ》ってくる。十一月の中旬。なんの花が咲いているのか、乱蝶にはわからなかった。

遣《や》り水状の空堀伝いに土壁の蔵へ近寄る。扉には閂が差し込まれ、鉄製の錠《じょう》が掛っていた。だが、唐《から》渡りの錠の仕組みはほとんどが同じだ。

乱蝶は腰紐に結んだ麻の小袋を開いた。中には七つ道具と幾《いく》つかの鑰《かぎ》が備えてある。細い棒状の鑰には一端に切り込みがあったりする。そのひとつを選び出して錠の側面から押し込むと、中の板鍵《いたばね》が閉じていく感触を得た。直後、小気味よい音がして錠前の本体から牡《おす》金具が抜けた。

この感触は盗みを働くときの快感のひとつだ。

〝お前は不埒《ふらち》な女だ〟

誰かに詰《なじ》られる声が夜風に流れて聞こえたような気がする。

乱蝶は心を鎮《しず》めようとフッと小さく息を吐いた。

筒《つつ》と鍵を草地に置き、扉にあてがわれた横棒の閂をはずし、重い扉を開けて中に忍び込む。
上方に小さな明かり取りがあり、月の光がかすかに差し込んでいる。
身体《からだ》が震えた。
すでに四度の盗みを働いていたが、この瞬間の心許《こころもと》なさは拭《ぬぐ》いきれていない。
少しだけ黴臭《かびくさ》い匂いが鼻をついてくる。
眼を凝《こ》らすと、中央に幾つかの甲冑《かっちゅう》があった。今、各地で戦《いくさ》が巻き起こってい
る。異様な甲冑群は名のある武将の屍《しかばね》から剝《は》がし取って来た物なのか、まだ誰も身
につけていない新品《さら》の物なのか、暗がりの中ではわからない。
どこかに金塊が納められている箱があるはずだ。
数日前、この屋敷の主《あるじ》の升屋当左衛門《ますやとうざえもん》がふっと漏らしたのだ。
船簞笥《ふなだんす》や衣装箱などが雑然と積まれた先を進むと鉄飾りの付いた木箱があった。
――これだ。
箱の鉄蓋《てつぶた》についた錠を開けるのはたやすい。
小袋から先が少し曲がった細い鉄の棒を取り出して差し込み、幾度か感触を探りな
がら動かすと、鍵の弾ける音がした。
重い木箱の蓋を開け、中を覗《のぞ》いて眼を瞠《みは》った。

数多くのナマコ型の金塊が詰まっていたのだ。

表向きの商いだけで稼げる額ではない。悪徳商法で暴利をむさぼって儲《もう》けた闇の組織ならではの収益金である。

幾つかを束ねて麻紐でくくりつけ、用意した布袋に手早く入れた。

乱蝶は常日頃から身体を鍛《きた》えている。だが、女の身。重すぎては軽やかに走れないと、毎回ほどほどの量だけを盗んだ。

それでも手に入れた金塊は銭で三百貫文ほどの価《あたい》になる。永楽銭《えいらくせん》に換算すれば三十万枚という膨大な額だ。盗まれたと知れば当左衛門はもとより闇の組織は地団駄《じだんだ》を踏んで悔《くや》しがるに違いない。

乱蝶は懐《ふところ》から鳥の子紙を取り出し、木箱の上に置いた。

『修徳衆殿《しゆとくしゆう》　穢《けが》れし銭の一分をいただきます　比叡《ひえい》の風《かぜ》』

藤原定家《ふじわらのていか》の独特の書風、定家様《ていかよう》の文字であらかじめ書いたものだ。

短冊や懐紙、巻物など和歌の清書に多く、冷泉《れいぜい》家を中心に公家、武家、連歌《れんが》師などの人々がその書風を愛しているが、今はまだ書く者は少ない。

闇の組織が営む系列の店を標的に盗みを働いたのは今回で五度目。

乱蝶は笑みを浮かべ、するりと蔵から出た。

金塊を入れた布袋を背負って植え込み伝いに裏門の近くまで辿《たど》り着く。布袋を繁みに隠し置いて母屋を見た。春でもないのに椿のような一重の白い花が咲いている。先程、感じた香りはこれだったのかと思った。

乱蝶にとって銭を盗むのは第一の目的ではない。別の真の狙《ねら》いがあった。

当左衛門の母屋には当人だけでなく家族が眠っているのはわかっている。それゆえ家子たちに気づかれないように忍び込まねばならない。

小口縁を伝って屋敷の壁に張りつき、雨戸のひとつを音もなく外した。

室内に潜入し、足を忍ばせながら暗い廊下を進む。

屋敷内の空気は少し澱《よど》んでいるように感じられた。

菜種油と獣の血をまぶしたような匂いがする。

盗みをする時、乱蝶は常に足半《あしなか》の草鞋《わらじ》を履いた。

足半は爪先《つまさき》から土踏まずまでで踵《かかと》の部分がない。戦場で走り回る雑兵たちが履いたりする。盗みに忍び込む際、すばやく動くのに都合がよいのだ。

奥に当左衛門の寝室がある。これは事前に調べておいた。寝室は三間ほど先だ。

闇に眼を凝らすと、なぜか襖《ふすま》が開いていた。

訝《いぶか》しく思いつつ寝室の奥に視線を送ると、飾り棚の上に小さな阿弥陀如来像《あみだにょらい》が見えた。双眸《そうぼう》は慈愛に満ち溢《あふ》れている。当左衛門が〝坂本《さかもと》の御坊《ごぼう》、修伊《しゅうい》殿から高額の銭を払って買った〟と自慢していたものだ。

数日前、注文を受けた扇を届けた際、乱蝶は如来像を見せられて身震いした。亡き父が大切にしていた木像だった。幼い頃、毎朝毎晩、父や母とこの阿弥陀さまに向かって小さな手を合わせた思い出がよみがえった。

これを奪い盗《と》るのが今夜の第一の目的である。

像に近寄ろうとした時、足に何かが触れて躓《つまず》きそうになった。

触れたのは横たわる人の身体だった。

乱蝶は驚いて飛びのいた。

この屋敷の主人の升屋当左衛門だった。

カッと見開いた眼は恨めし気に虚空《こくう》を見据えている。

──死んでいる！

斧《おの》のような物で頭を砕《くだ》き割られている。

改めて寝室を見回し、喉《のど》が塞《ふさ》がれる思いがした。

髪を乱した女が仰向けに倒れていた。当左衛門の妻女だ。さらに二人の幼い児《こ》が蒲団の上で血にまみれて死んでいた。家人すべてが惨殺されたのだ。

――どこの誰がこのような酷《むご》い殺し方を……？

気がつくと、部屋中に血の匂いが充満していた。屋敷に入った時に感じたのは菜種油や獣ではなく人の血の匂いだったのかと改めて悟った。

心は乱れたが、阿弥陀如来像を手にすることは忘れなかった。

木像を懐に入れ、廊下を後ずさりしながら外した雨戸のところまで戻った。

一刻もはやく屋敷から立ち去らなければならない。

繁みに隠した金塊入りの布袋を背負い、慌《あわ》てて裏門から走り出た。人がいないことも確かめずに迂闊《うかつ》だと思ったが、幸いにも道には誰もいなかった。

――私を当左衛門一家の殺しの下手人に陥《おとしい》れる罠《わな》なのか？

しかし、その思いは打ち消した。

今夜、当左衛門宅に忍び込むことを事前に知った者がいるとは思えない。

胸の鼓動を高鳴らせたまま夜の道を走り続けた。気を鎮めようと懐の阿弥陀如来像に触れると、亡き父母の温《ぬく》もりが伝わってくるようだ。

――後をつけられている。

いきなり背後に人の気配を感じ、咄嗟《とっさ》にわきの繁みに飛び込んで隠れた。

「誰だ？」

闇に向かって叫ぶと、夜風に混じって声が聞こえてきた。

「気づいたようだな。比叡の風」

——何者なの？

男の声とも女の声ともわからぬ、くぐもった低く冷たい声音だ。

乱蝶は足元にあった小石を幾つか攫《つか》み、立て続けに四方に投じた。

見えない敵が少しでも動いてくれればと思っての印地打ちだ。小石は周囲の樹々の幹に当たり、乾いた音をあげて跳ね返った。

だが、相手は闇に溶け込んだまま気配を感じさせない。

「なぜ、私をつける？　当左衛門を殺したのはお前か……」

応えるはずがないのはわかりきっている。問いかけてしまったおのれを恥じた。

「比叡の風、おぬしが何を企んでいるか、オレは知っている。盗みに入るのはある者の息のかかった屋敷ばかりだ。これからも続ける気なのか？」

乱蝶は絶句した。

乱蝶はある標的だけを狙って盗みを働いている。それを相手は知っているらしい。

「応えぬか。ならば盗みを続ける気のようだな。だが、やめるなら今のうちだ」

優位に満ちた口調だった。しかし、ここで負けてはいけないと思った。

「銭が欲しいならば、力ずくで奪うがいい」

見えぬ敵に言い放つ。

「ふふふ、オレと戦うつもりか。おもしろい。どちらが優れているか、確かめようか。だが、今宵はその気にはなれぬ。幼い児を含め、四人も殺された後だ。殺し合いはしたくない。いいか、比叡の風、よく覚えておけ。おぬしといつか手合わせする機会《とき》があるかもしれぬ。その際はよろしくな」

いきなり暗い森の繁みにボッと火の玉が走り、ヒュルヒュルヒュル〜と飛んだ。

直後、橙《だいだいいろ》色の花火が炸裂《さくれつ》した。丸い大きな輪を描いて火の粉が夜空を彩ったと思った途端、ドーン！　と静寂を切り裂く音が鳴り響いた。

「比叡の風、また会おう」

不気味な声が遠ざかっていき、殺気が消えた。

張りつめていた乱蝶の心は少しばかり緩《ゆる》んだ。

しかし、このまま家に帰ることは出来ない。また尾行され、住処《すみか》を突き止められる危険がある。それゆえ自らの住まいには戻らず、鴨川《かもがわ》に向かって三条の道を走った。

盗みに入った屋敷の主一家の惨殺。

そして、謎《なぞ》の人物の出現。

今夜は思いもしなかったことが続けざまに起こった。

冬にも拘《かか》わらず背に汗をかき、全身にどっと疲れを感じつつ、乱蝶は三条河原の葦《あし》の繁みの中に身を潜ませたまま長い時を過ごさねばならなかった。

第一章　比叡《ひえい》の風《かぜ》

一

乱蝶は比叡の連山を仰《あお》ぎ見た。

比叡の山並みは大比叡ケ岳、四明《しめ》ケ岳、釈迦《しやか》ケ岳、水井《みずい》山、三石《さんごく》岳のおおよそ五つの峰が連なり、京都からは北東、丑寅《うしとら》の方角にあたる。それゆえ比叡山は都の表鬼門となり、昔より鬼門鎮護の山として尊《とうと》ばれている。

冬はとりわけ寒さが厳しい。越後《えちご》、若狭《わかさ》方面からの寒風が比叡山に直接、吹きつけるからだ。京の底冷えや近江《おうみ》の比叡颪《おろし》はこれによるものである。

夜明け前、寒風が吹きすさぶ中、乱蝶は四条《しじよう》通りにある私邸に戻った。

表向きは間口の狭い扇の店だ。外から見ると、なんの変哲もない家だが、裏庭の井戸の近くの物置小屋に細工が施《ほどこ》されている。物置小屋の中には秘密の抜け穴がある。以前、八瀬《やせ》村の知り合いに仲立ちされた穴掘衆の男に掘ってもらった横穴だ。この地下通路は三十間ほど離れた草地や店の前を流れる小川近くの繁みに通じている。いわばモグラの穴道のように複雑に入り組んでいて、数カ所に出られるのだ。

この朝は堀の繁みの隠し穴に潜り込み、腰をかがめながら抜け道を通って帰った。安堵《あんど》の息をつき、忍び装束を脱いで小袖に着替える。

奪った金塊は床の下に隠し、阿弥陀如来像は奥の戸棚に納めた。

嫌な汗をかいた後である。湯を沸かし、木綿《もめん》布を濡らして顔から首、肩、腋《わき》の下、腹、尻など身体の隅々を拭《ふ》いていった。最後に足の裏を拭《ぬぐ》った時、急激に睡魔に襲われ、茣蓙《ござ》に寝ころがると両瞼《まぶた》がみるみる重くなった。

目覚めると、戸板の穴の隙間から幾条もの細い陽光が差し込んでいた。戸を引き上げた乱蝶は眩《まぶ》しさに思わず眼を細めた。

陽はすでに東の空に昇っている。

棚には冬の檜扇《ひおうぎ》が並べてある。夏扇は冷気を誘うが、冬扇は温もりが漂う。実用に即すよりも季節の移ろいに見合った扇を持つことが風流に通じるのだ。

扇の絵は四季折々の花鳥風月《かちょうふうげつ》や風物などを淡彩で乱蝶自らが描く。店に飾られているのは市井《しせい》の人々が使う扇だけではない。当今《とうぎん》や親王が持つ蘇芳《すおう》染めで赤扇と呼ばれる御檜扇。公卿《くぎょう》や殿上人《てんじょうびと》たちの持つ白檜扇。武将の持つ軍扇もある。

茶の道でも扇は使われている。千利休《せんのりきゅう》は長さ一尺、十骨の端正な細骨で全面銀砂子《ぎんすなご》の扇を持つと噂《うわさ》されている。いわゆる利休扇はさびた銀色で侘《わび》の心を醸《かも》しだしている。これを真似《まね》ようと、京都の有徳商人が利休扇を作って欲しいと店に来たりもした。

乱蝶は三日前に注文された利休扇もどきの製作に取りかかった。

しばらく作業に没頭していると、

「相変わらず、美しい扇であるな」

ふいに声がした。

いつも贔屓《ひいき》にしてくれる藤堂佐久兵衛《とうどうさくべえ》が店先に立っていた。

佐久兵衛は京都二条《にじょう》で布地や着物などを扱う商人だ。二条堀川《ほりかわ》通りに多くの機織《はたお》り女を抱えて手広く商売をしている。小袖などの注文があった際、出来上がった着物に美しい扇を添えるという心配りをするので客の評判は良い。

その扇を求めに乱蝶の店に足しげく通ってくる。そればかりか、用がなくても何かにつけて顔を出し、客を取り持ってくれたりする。

「お嬢のしなやかな手で作られた扇を持つ人は幸せ者だ」

「冗談《てんごう》を……」

恥じらうと、佐久兵衛は真顔で応えた。

「私は冗談や追従《ついしょう》は嫌いな性格《たち》です。お嬢はご存知のはずだが」

佐久兵衛はいつも乱蝶を〝お嬢〟と呼んだ。同じ年頃の娘を持つせいか、乱蝶を実の子のように可愛がってくれる。

「昨夜、殺しがあった。升屋当左衛門殿が殺された」

佐久兵衛は強張《こわば》った顔で囁《ささや》いた。

「当左衛門さまが？」

乱蝶は驚いたふうを装《よそお》った。

「賊は大胆にも店の表の板戸を破って屋敷に乱入し、狼藉《ろうぜき》を働いたようだ」

裏庭から忍び込んだ乱蝶は狼藉のありさまを知らなかったので息を呑んだ。

殺された升屋当左衛門をひきあわせてくれたのは藤堂佐久兵衛だった。

比叡の雪景色を描いた絵扇が欲しいと聞き及び、紹介してくれたのだ。

それゆえ乱蝶は打ち合わせをするために一度、さらに扇を渡した時に一度、都合二度、当左衛門宅を訪れている。

三度目に行ったのが昨夜の忍び込みだった。

「蔵から金塊が盗まれた。金塊の入った木箱の蓋に〝比叡の風〟と書かれた置き文があったらしい。丑寅組《うしとらぐみ》の男たちは〝比叡の風〟なる賊を躍起になって探しておる」

丑寅組とは三条通りを中心とした町組だ。

京都には上京《かみぎょう》、下京《しもぎょう》に幾つかの町組がある。

犯罪が起これば、各町の町組が犯罪者を追って捕まえる。処罰も町にゆだねられ、犯人を捕らえられない時は、すべての町組が協力して捜査する。それでもなお未解決の場合は京都所司へ注進し、京都所司が犯罪者を追捕《ついぶ》する。

「物騒な世の中になりました」

「大きな声では言えぬがな、当左衛門殿は裏でよからぬ商いをしていたらしい。恨みをかったのだという噂もある。それにしても賊は妻女ばかりか幼い児まで殺《あや》めた。あまりにも酷《むご》すぎる」

乱蝶の脳裏に昨夜の忌《い》まわしい光景がよみがえった。

カッと見開いた当左衛門の眼、妻女や幼い二人の児の凄惨な屍が浮かび上がる。

乱蝶は悪夢を振り払おうと陽に輝く四条通りに眼を移した。

すると通りの向こうから多くの人々が塊になって進んでくるのが見えた。

「悠々たる三界は、純《もっぱ》ら苦にして、安きこと無く、擾々《じょうじょう》たる四生《ししょう》、唯患《ただうれ》いにして楽しからず」

天台《てんだい》宗の宗祖、最澄《さいちょう》の書いた願文《がんもん》を唱えながらやって来たのは修徳衆の人々だ。

修徳衆は月に一度、京の町の塵《ごみ》拾いの奉仕をしている。

夏には川に入って塵を浚《さら》う。秋に木の葉が散れば、竹箒《たけぼうき》を持って掃き清める。時には築地塀《ついじべい》が朽《く》ちたと憂《うれ》い、修復料として多額の銭を朝廷に献上する。修徳衆は、多くの奉仕活動をするので〝今どき奇特な衆である〟と、評判になっている。

活動する際は衆主である禅示坊《ぜんじぼう》が指揮を執《と》っていた。

禅示坊は穏やかな笑みを浮かべ、道行く人々と会釈を交わしながら講話していた。

「三界とは欲界、色界、無色界でございます。欲に支配される現世《うつしよ》が欲界。色即《しきそく》是《ぜ》空《くう》、穢れし物も醜《みにく》き物も、この世には色界として存在します。これを認めたうえで、それらを超越し、心を無にする無色界へと到達するよう修行せねばなりませぬ」

　禅示坊の物腰は柔らかだ。

「三界は苦しみ多く、心安らぐことがありませぬ。乱れ多く騒がしく、すべての生きとし生けるもの、すなわち四生は憂い多くして楽しみを見いだせませぬ。人の一生は無常です。それを知り得たうえで、なお善き行ないに心を注ぐことが大切です」

　奉仕は禅示坊の教義であり、修徳衆に加わった人々はその教えを忠実に守っているようだった。それゆえ禅示坊は奇特な人であり、有徳人として敬《うやま》われている。

　修徳衆の一団が去っていくのを眺めていた佐久兵衛は口元をゆがませた。

「お嬢、あの連中、とくに禅示坊殿には近寄らんほうがよい」

　いきなり耳元で佐久兵衛に囁かれた。

「なぜですか？　禅示坊さまは多くの人たちに敬われる徳のあるお人ですのに？」

　乱蝶は真の思いとは裏腹な言葉を口にした。

「しかし、陰で悪い噂も流れておる。汚れた商人は一人残らず、禅示坊殿が組織する修徳衆に多くの銭を奉納しているようなのだ」

　佐久兵衛の顔に一瞬よぎった翳《かげ》りを乱蝶は見逃さなかった。

「小父《おじ》さま、何かお困りのことでもあるのですか？　お話しくださいませ」

　乱蝶が尋ねると、佐久兵衛は重い口を開いた。

「禅示坊殿は京の町の商いなどを活き活きと動かしておる。法華《ほっけ》宗徒の豪商人はもとより修徳衆も京都になくてはならぬ組織と言える。だがな、裏で何をしているかわからぬのだ。お嬢も存じておろう。商いの件で修徳衆は幾度か訴えられた」

「はい。でも訴えは謂《い》われなきことであり、訴人の方がすべて負けています」

「そこなのだ。修徳衆は頭の切れる検断人を雇い、裁許《さいきょ》に有利になるよう仕組んでいる。日頃より賄賂《まいない》を贈り、検断人を懐柔《かいじゅう》しておるようなのだ」

訴訟が起きた時、お互いの主張を聞いて判決する裁許が正しく行なわれていない。時には悪事を働いた者を検挙し、事件を審理、判決を下すべき検断人が修徳衆の意のままに動いている。佐久兵衛はそう仄《ほの》めかしている。

「多くの善行を積んでいる修徳衆です。信じられませぬ」

乱蝶はあえて驚きの顔を作ってみせた。

「お嬢、私に何か起きたとしても家族とは今までどおり親しくしていただきたい」

そうつぶやいて佐久兵衛は去って行った。

佐久兵衛がなぜ修徳衆や衆主の禅示坊を強く嫌うのか、乱蝶にはわからない。

だが、思ってもみなかった人から禅示坊の悪い噂が告げられたのだ。

乱蝶にとって〝禅示坊〟は忘れられない名であり男であった。

過去の忌まわしい出来事が鮮烈によみがえってくる。

それは元亀《げんき》元年（一五七〇）の今より遡《さかのぼ》る十年前の夜のことだった。

二

永禄《えいろく》三年（一五六〇）の当時、乱蝶は八歳で阿鹿《あか》と呼ばれていた。

神の使いと言われる〝鹿〟と、母、阿夢《あむ》の〝阿〟の字を合わせて亡き祖父がつけてくれた。阿鹿は両親と十二歳の兄と六歳の妹と暮らしていた。裕福な家で物心ついた時から何不自由なく育てられていた。

父の高梨慈順《たかなしじじゅん》は比叡山延暦寺《えんりやく》の寄人《よりうど》だった。

叡山の山門公人《さんもんくにん》は衆徒、堂衆、山徒の三階級に分かれている。

衆徒は名門出身の子弟たちで将来の学僧への道を選んで進む。器量によっては大僧正や探題への道も開かれている。

堂衆はさほど名門の出でない子弟や衆徒への道を断念した者たちが属する。

山徒はその下位にあり、僧形《そうぎよう》のまま妻帯して山下に居住し、叡山の庶務を取り扱う下級の僧徒である。

阿鹿の父、慈順は最下層の山徒だったが、商才に長《た》け、人望があり、叡山の諸役を任されていた。

比叡山は琵琶湖《びわこ》の湖上権益の多くを独占し、山門には七つの関が設けられ、輸送する商品の手数料などで莫大な利益を生んでいる。

慈順は坂本と堅田《かたた》の関銭や手数料徴収の役割を任され、収入を得る富裕の層に属していた。だが、おもな収入源は別にあった。

近江や諸国に散在する巨大な山門領の糧米や物資が叡山に次々と納められてくる。

東国や北陸路の人々は琵琶湖を渡って坂本港に上陸する。それゆえ湖畔の坂本には物資を運搬する回漕問屋や運送業者が多く、慈順もご多分に洩《も》れず、使用人を束《たば》ね、これらを営んで利益を得ていた。

それゆえ坂本の港から少し道を登った山裾に広い屋敷を構えていた。

そんな家に生まれ育った阿鹿は幼き頃より豊かで幸せな日々を送っていたのだ。

だが、突然、悲運に見舞われた。


夕刻、いつものように食事が終わった後、兄が真顔で父の慈順を見据えた。

兄は慈しみと簗《やな》の二文字を合わせ、慈簗《じりよう》と呼ばれていた。

魚群を導き寄せる簗のように、人の心を引き寄せる慈しみを持って欲しい。その願いを込めて、父は第一子の兄に慈簗と名付けた。幼い頃から厳しく育てられた兄は十二歳にも拘わらず、近頃、急に大人びた口をきくようになっていた。

「織田信長《おだのぶなが》という武将はこの地を侵しにくるのですかね」

日に日に成長する慈簗を頼もしく思うのか、父の慈順は上機嫌に応えた。

「北には美濃《みの》の斎藤《さいとう》家がある。尾張《おわり》はまだ波瀾含みだ」

この年の六月、織田信長は桶狭間《おけはざま》という処《ところ》で今川義元《いまがわよしもと》の首級《しるし》を取り、戦いに勝ったという噂が広がっていた。しかし、尾張が安泰《あんたい》となったわけではない。信長の妻女の父である斎藤道三《どうさん》の肩入れがなければままならない状況だった。

「だが、織田信長という武将、なかなかの器量人だと聞いておる。尾張、美濃を統一出来れば、やがては湖西を治めるべく坂本、堅田に攻めて来るやもしれぬな」

「攻めて来たらどうなるのです？」

「按《あん》ずるな。叡山は琵琶湖の西岸を勢力圏に治めておる。織田信長に限らず、どこの武将が現れようと、揺らぐものではない」

「しかし、時世は変わりつつあります。無頼な武将たちが乱暴狼藉《らんぼうろうぜき》を働き、叡山の領域を侵し、坂本や堅田の地侍などを掌握しようとするとも限りません」

「我らは琵琶湖海上の豪族だ。侍どもの配下になどならぬ。坂本や堅田の民は海の商人、漁業に携わる漁人である。我らの海の権利を侵すものは何があっても排除する。その心意気を持っておる。たとえ力のある大名が現れたとて恐れることはない」

つねに泰然《たいぜん》自若《じじゃく》とし、毅然《きぜん》とした態度をとる父を阿鹿は誇らしげに見た。

母の阿夢は息子の成長ぶりを喜ぶかのように眼を細めてうなずいている。

何が面白いのか、妹の阿兎《あと》がキャッキャッと笑った。

その時だ。

いきなり館の庭でざわめく男たちの声が聞こえ、板戸が激しく叩かれた。

「どなたかな」

父が尋ねると、聞き慣れた男の声がした。

「私だ。禅示坊です。いささか伺《うかが》いたき儀があって参じた」

禅示坊の名を阿鹿は知っていた。父と親交があり、時々、家を訪ね、餅《もち》や団子《だんご》などの土産物《みやげ》を持ってきてくれる三十歳ほどの男だ。張りのある肩と厚い胸をした大男だが、笑みを浮かべると目尻が下がり人懐っこい童《わらわ》のような顔になる。

「この刻に何の用かな」

父は訝しげな顔をしながら土間に降り、内側の閂を抜き、板戸を開けた。

途端、禅示坊とともに男たちが次々と雪崩《なだれ》込んできた。裾を窄《すぼ》めた袴をはき、手には捕手棒を持っている。男たちは誰もが厳《いか》つい顔をしていた。

「検非違使所《けびいし》より遣《つか》わされた者である」

先達《せんだつ》と思われる男が居丈高《いたけだか》に言った。

「禅示坊殿、いったい何事ですかな？」

父は先達の男を無視し、追捕使たちの背後に立つ禅示坊を見やった。

いつもは笑みをたたえている禅示坊だが、今夜ばかりは硬い顔をしている。

「高梨慈順、おぬし、まさか非道なことをしてはいないだろうな」

「非道？」

一瞬、眉を曇らせる父を見て、禅示坊は押し黙った。

「館内《やかたない》を調べろ」

先達が他の追捕使たちに命じた。

「お待ちください。わけも言わずに無謀ですぞ。土足で館内に入るなどの暴挙、許されるものではありません」

父の制止を払いのけ、男たちは囲炉裏《いろり》端からそれぞれ奥の座敷へ散って行く。

「禅示坊殿、いかなることか、わけを聞かせてくれ」

父が詰問すると、禅示坊は憂い顔を向けてつぶやいた。

「高梨殿、おぬし、蓮融《れんゆう》さまがお山より賜《たまわ》った阿修羅《あしゅら》像にたいそう魅入《みい》られ、欲しそうな顔をしていたようだな。羨《うらや》んでいたとも聞き及んでおる」

「滅相《めっそう》もない。蓮融さまは幼い頃よりお世話になりました御坊です。お山より阿修羅様をいただいたのを喜んでこそ、羨む心など毛頭ない。ましてや阿修羅様を欲しいなど思ったことはありませぬ」

「黙れ！　高梨慈順、蓮融さまから強奪した阿修羅像をどこに隠した」

先達が声を荒らげて父に詰め寄った。

「阿修羅像を奪うですと？　まったく身に覚えのないこと」

「蓮融さまを斬り殺し、お山より賜《たまわ》った阿修羅像を奪い、あげく証拠隠滅のため庵に火をつけて逃げるなど、不届き千万である」

「なんと、蓮融さまが殺された？　いつのことです？」

父と同様に阿鹿も驚いた。母も兄も啞然たる面持ちをしている。

「一昨日《おととい》の夜だ」

禅示坊は悲しげに応えた。

「そのようなことが……まったく存じませんでした」

衝撃を受けたのか、父は悲嘆の吐息を漏らした。

「しらじらしい顔をしおって！　太々《ふてぶて》しい奴だ」

先達は問答無用の態度である。

「奥山《おくやま》さま、声を荒らげないでくださいませ。まだ高梨慈順が下手人と決まったわけではありませぬ。お子たちもおります。ここはお手柔らかに」

禅示坊はいつもの親しみのこもった笑顔で憤《いきどお》る先達をなだめている。

その時、追捕使の一人が足早に戻ってきた。

「ありました。納戸《なんど》の奥に隠し置かれて」

と、声高に叫び、手にした阿修羅像を高々と掲げて見せた。

「そ、それはまぎれもなく！」

禅示坊の眼が異様に輝いた。父は呆気に取られた顔で立ちすくんでいる。

追捕使が掲げた阿修羅像はヒノキ造りで一尺ほどの大きさだ。邪気を払う威厳に満ちた表情で、顔には鮮やかな翠緑色の双眸が輝いている。

通常、仏像の玉眼《ぎょくがん》は黒い堅木を使ったり、水晶を用いたりする。瑠璃《るり》や黒曜石《こくようせき》のものもある。だが、この阿修羅像の瞳には珍しく翡翠《ひすい》がはめ込まれていた。遠い唐《とう》の国より伝わったものらしい。翡翠はわが国では越後で少しだけ産する貴重な玉の一種だ。

阿鹿は神秘な輝きを放つ阿修羅像の玉眼に魅せられた。だが、納戸の方から聞こえてくる男たちの声で我に返った。見ると別の追捕使が剣を摑《つか》んで戻って来た。

「これだ。これに違いないぞ」

叫ぶなり、剣の鞘《さや》をすらりと抜きはなった。

白刃に赤黒い血糊《ちのり》がぬらぬらとこびりついている。

「やはりそうだったか。これで斬ったか」

先達が父に詰め寄った。

「それは私の剣ではありません」

「そうよ。これはおぬしの物ではない。蓮融さまが大切にされていた剣だ。おぬし、これで蓮融さまを斬ったのだな」

「滅相もない」

父の顔に動揺が走った。

「高梨殿、なんということを……ここに来るまではずっと信じておったのに。宝物《ほうもつ》の魔力にとり憑《つ》かれたのか……情けない」

禅示坊は唇を嚙《か》みしめた後、深く溜め息を吐《つ》いてストンと床に腰を落とした。

「私たちにはまったく身に覚えのないことです」

　母が懸命に訴える。

「言いわけ無用」

　先達が母の声を遮った。

「何かのお間違いです。よくご詮議《せんぎ》してくださいませ」

　母は食い下がったが、先達は聞く耳を持たない。

「ならばなぜ、血に染まった蓮融さまの剣が納戸に隠されていたのだ」

「知りません。私はまったく存じあげぬことで」

　さすがにゆとりを失くしたのか、父の声はかすかに震えている。

「ええい、屋敷に隠されたこの剣と像が動かぬ証拠だ。引っ立てぃ！」

　先達の声に追捕使たちが父と母を取り押さえた。

「お父《とう》！」

　兄が父にしがみついた。

「母さま！」

　妹の阿兎が異様な声で叫んだ。

「憂《うれ》えるな。この方たちの思い違いにすぎぬ。疑いはすぐに晴れる。慈築、しばらく留守をさせるが、阿鹿たちを頼むぞ」

父は穏やかな声で兄を諭《さと》した。

「そうだとも。私も高梨殿を信じる。これはきっと何かの間違いだ」

床に座り込んでいた禅示坊は立ち上がった。

「父御《てご》は必ず帰ってくる」

禅示坊は優しい声音で言い、追捕使たちの後を追って出て行った。

阿鹿はわけがわからず妹の阿兎を抱きしめたまま身体を震わせているだけだった。


その夜、阿鹿は怯《おび》えと不安で一睡も出来なかった。

妹の阿兎はひとしきり泣いた後、疲れたのか、寝入ってしまった。

兄の慈篥は唇を噛みしめ、青ざめたまま無言を通している。

父が人を殺すという非道をするはずはない。父は蓮融さまを慕っていた。ことあるごとに蓮融さまの話をし、お世話になっていると阿鹿たちに告げていた。

蓮融さまが長年の善行と功労を讃《たた》えられ、お山より阿修羅像を賜った時、喜んだ父は大切にしていた牧谿《もっけい》筆の〝栗柿〟の絵をお祝いに差し上げたほどだ。

雪舟《せっしゅう》などに多大な影響を与えた牧谿の水墨画は素晴らしいものだった。

軸装は天と地が紫の絹、一文字と風帯《ふうたい》は小紋の濃い浅葱《あさぎ》の金襴《きんらん》で仕立てられていた。ところが掛緒と巻緒の細紐が切れそうになっていた。

それで阿鹿は母と一緒に細紐を編み、表木《ひょうぼく》に取り付けたのである。

「麗《うるわ》しき掛緒である。阿鹿、大切にするぞ」

蓮融さまは絵を愛《め》でる前に、阿鹿が編んだ掛け紐を誉め、頭を撫《な》でてくれた。

「高梨殿、栗柿の絵、日々、楽しませていただく」

床の間にあった山水画を外し、新たに〝栗柿〟の絵を掛けながら父にも感謝の言葉を告げてくれた。父はもったいないとばかり涙を流さんばかりだった。

穏やかで心優しく曲がったことの嫌いな父だ。疑いは必ず晴れる。明日になれば母とともに笑顔で帰って来るに違いない。帰って来て欲しい。

阿鹿は強く願いながら闇の中で父母の無事を祈り続けた。

白い靄《もや》がたなびく刻限に戸を叩く者があった。

一瞬、父と母が帰って来たのかと兄とともに眼を輝かせた。

だが、違った。兄が戸を開けると、召使の岩松《いわまつ》が血相を変えて飛び込んできた。

「ご無事で何よりです」

息を荒らげながらも一声を発し、岩松は安堵の顔で阿鹿たちを見た。

岩松は高梨家に仕《つか》えている人だ。

「旦那様と奥様が役人に連れて行かれるのを見た者があり、ここに帰る道すがら大まかな話は聞きましただ。大変なことになりもうした。急ぎ駆け戻った次第です」

「ありがとう。岩松」

兄は少しだけ心が和んだのか、硬い表情ながらも笑みを浮かべた。

「坊っちゃま。このまま屋敷に居ては危ないですだ。今のうちに、夜が明ける前に、ひとまず落ち延びたほうがよいです」

「危ない？　どういうことだ？」

兄は訝しげに岩松を見た。阿鹿も岩松の言葉がわからずにいた。

「とにかくここを出ましょう」

岩松は寝ていた妹の阿兎をしゃにむに背負い、阿鹿の身体を抱きしめた。

「俺は父に留守を頼まれた。ここに残る。父にはなんの咎《とが》もない。詮議されれば無罪とわかる。必ず放免されて帰ってくる」

「いいや、これは謀略だで。旦那様を陥れた者がいますだに……」

さすがに気がひけたのか、岩松はそれ以上を言わない。

「俺は待つ。父に頼まれたのだ」

兄の慈築は小刻みに身体を震わせながらも毅然たる態度で言った。

「岩松の言うとおりにしてくだせえ」

「いや、聞けない。俺はもう子供ではない。元服の儀も済んでいる」

「わかっております。それでもお頼み申しますだ」

「父と母が帰るまでこの家を護る。俺は高梨家の総領だ」

幾度か押し問答が続いたが、ついに岩松は兄の決意に屈して諦めたようだ。

「わかりました。では、せめて阿鹿さまと阿兎さまだけでも岩松に託してくだせえ」

「私もここにいる」

阿鹿は拒《こば》んだが、兄は大きく首を横に振った。

「ここに居たら何が起こるかわからない。お前たちは岩松に従い、一緒に去れ。岩松、二人を連れて行ってくれ」

兄は岩松の手を強く握って頭を下げた。

「必ず無事に八瀬村まで送り届けますだ。坊っちゃま、くれぐれもご油断なさらぬように……もしも外に不穏な男たちの気配を感じましたら直ちに屋敷を抜け出してください。八瀬に走るのです。いいですね」

「心添え、肝に銘じておく。妹たちを頼む」

阿鹿は迷った。このまま兄と一緒に家に残っていたかった。

直後、岩松に強く手を引かれた。

拒むことも出来なくはなかった。しかし、岩松は妹の阿兎を背負っている。二歳しか違わないが、阿兎は甘えん坊だ。独りきりにするわけにはいかない。

そう思い、岩松につき従って家を出た。

夜明け間近の庭は風が吹いていたが蒸し暑かった。

遠く琵琶湖の沖に漁火《いさりび》が見える。

屋敷を振り返ってみると、兄が戸口に佇《たたず》んでいた。

阿鹿に不安を抱かせまいとするかのように笑顔で見送ってくれている。

やがては戻れると思い、阿鹿はお気に入りの人形を残して岩松に続いて走った。

この時、兄の姿も屋敷の建物も二度と見られなくなるとは夢にも思わなかった。


比叡の山の分水嶺より西が山城《やましろ》の国域、琵琶湖を臨む東側が近江の国域である。

坂本の屋敷から八瀬の村に行くなら日吉《ひよし》社を通り、延暦寺から西塔へ向かうか、山道を登ってじかに西塔に行き、そこから松尾《まつお》坂を下った方が近い。

だが、岩松はなぜか山には登らず、反対側の湖畔にある坂本の港へ向かった。

「遠回りでも、この道を進んだほうがよいですだ」

幼いとはいえ阿鹿も阿兎も女なので女人禁制の山に登ることはできない。それゆえ琵琶湖に向かったのだと思ったが、そうではなかった。

比叡山への道を進む途中の日吉社あたりで父を貶《おとし》めた者たちが待ち伏せしているかもしれないと岩松は按じたようだ。

まだ陽が昇らぬ薄闇の湖上で魚漁をしたり、洲で海藻を取る人々の姿が見えた。

湖畔に降りると、坂本の港を左に折れ、湖西の道を北へ向かう。

少し先は堅田の港だ。阿鹿たちは堅田港の先端に見える浮御堂《うきみどう》まで一気に走った。

岩松は周囲に気を配りつつ小谷川沿いの山道を登っていく。

時折、人の姿が見えたりすると、岩松は阿鹿たちを繁みの中に隠した。

横川《よかわ》に着いた頃、陽は天の真上に輝いていた。

岩松が用意してくれた干飯《ほしいい》を谷川の水に浸して食べた。

その後、尾根伝いを西へ西へと進んだ。

途中で幾度か休憩したものの長い道のりを歩いたので幼い阿鹿は疲れ果てた。

草鞋はすり切れ、足にはまめが出来、指からは血が滲《にじ》み出て、脚は棒のようだった。

陽が沈んでから崖の斜面が抉《えぐ》れた洞窟に入って一夜を過ごした。

細い道を北に下れば、法然上人《ほうねんしょうにん》が修行した寺があると岩松に教えられたが、阿鹿はすぐに眠ってしまった。


目覚めた時、比叡の山に朝靄《あさもや》がたなびいていた。

森に囲まれた気は清浄だ。

岩場からわずかに零《こぼ》れ出ている水で顔を洗うと心地よかった。

この一帯は雨が多い。そのせいか、周囲は鬱蒼《うっそう》とした樹林につつまれ、林相が霊山としての高い品格を保っている。聖なる山としての静寂な雰囲気が満ち満ちている。

身支度を済ませると、岩松は阿兎を背負い、阿鹿の手を握ってくれた。

どれほど歩いたか、阿鹿にはわからなかったが、半里ほどだったように思える。

切り立った崖と崖の間の山道を進むと、前方に小さな御堂が見えてきた。

「瑠璃《るり》堂ですだ。尊き薬師如来《やくしにょらい》さまが祀《まつ》られておる」

と、岩松が教えてくれる。

「少し先の松尾坂を下れば、八瀬に着きます。堪《こら》えてくだせえ」

励ますように頭を撫でてくれたが、阿鹿は息を呑んで目の前の光景に見入った。

瑠璃堂の周囲を夥《おびただ》しい数の紫シジミ蝶が群れを成して乱れ飛んでいる。それは夢かと思えるような幻想的な光景だった。

「きれい……」

妹の阿兎も瞳を輝かせている。

紫シジミ蝶の群れは瑠璃色の粉を撒き散らしたかのように大空を覆っている。

雲間から洩れる朝日に照らされた紫シジミ蝶の翅《はね》が一瞬のうちに透き通り、玉石を散りばめたように輝いた。陽光の赤や空の青や樹々の緑に混じってシジミ蝶の群れは紫の光を放っている。生まれたばかりに違いない。群れの一羽を見ると、小さな翅を精一杯に動かして虚空を舞っている。

阿鹿は蝶の生命《いのち》の翅音を聞いたような気がした。

紫シジミ蝶の一羽一羽がそれぞれの生命を持ち、儚《はかな》さを宿しつつも束の間の生の悦《よろこ》びを味わっていると感じた。

やがて紫シジミ蝶は大空に吸い込まれるように上昇した。

朝風に身を漂わせながら遠ざかる蝶の群れを阿鹿はいつまでも見続けた。

気がつくと、霞雲に籠もる千古の老杉《ろうさん》が阿鹿たちを包み込んでいた。

八瀬村に着いた阿鹿と阿兎は東近江の六郎《ろくろう》という若者の家に匿《かくま》われた。

街道に沿って流れる高野《たかの》川には多くの瀬がある。数の多さを八であらわしたゆえに〝八瀬〟と呼ばれるようになったらしい。

この集落は延暦寺領だ。比叡山の天台三千坊のひとつである青蓮坊《しょうれんぼう》の管轄下にあり租税などを負担している。人々は八瀬童子と呼ばれ、雑役は免除されていた。童子とは幼い児の意ではない。寺院衆徒のもとで実務労働をする者たちの呼称である。

八瀬童子は延暦寺の奉仕を行なう一方、古くから山林の伐採や洛中《らくちゅう》への薪《たきぎ》商売に従事し、比叡山を上り下りする天台座主《ざす》や公卿の輿《こし》を担ぐ駕輿丁《かよちょう》を務めている。

岩松が八瀬の住人とどのような関わりがあるのか、阿鹿にはわからない。

父の従者として坂本に住む前は八瀬で暮らしていたに違いない。

「様子を見に行ってきますだ」

岩松はすぐに坂本へと引き返した。

阿鹿は心細かった。父と母、それに兄がどうなっているのか、不安で胸が締めつけられる思いがした。だが、妹が怯えるといけないと悟り、わざと快活に振る舞った。

二日が過ぎ、三日目の朝を迎えても岩松は帰って来なかった。

阿鹿が絶望の淵に落とされたのは夜中過ぎであった。

「旦那様は謀《たばか》られたのです」

ふいに目覚めた阿鹿は岩松の声を感じた。

「いったい誰の仕業《しわざ》で？」

囁く六郎の声が聞こえる。

「わからぬ。いずれにせよ蓮融さまを斬り殺し、阿修羅像を奪い、あげく証拠隠滅のため庵に火をつけて逃げるなど、旦那様がするわけがない。それだけは確かだ」

「しかし、屋敷の奥から血糊のついた剣と阿修羅像が出たのだろう」

「莫迦《ばか》な。下手人が殺しに使った剣を自身の館に隠し置くなどするものか。あまりにも出来すぎだ。ところが動かぬ証《あかし》とされ、旦那様と奥様は検断所に連れて行かれた」

「僧侶の修伊《や》様たちが検断人となってご詮議をしたのだろう？」

「旦那様は殺ってないと言い続けたようだ。詮議は捗《はかど》らず、あげくの果ては湯起請《ゆぎしょう》で裁かれたらしい」

「なんだと？　それは無謀だ」

六郎は絶句している。

湯起請は盟神探湯《くかたち》とも呼ばれ、釜の中の熱湯に手を入れさせられる。罪のない者は火傷《やけど》をせず、罪のある者は大火傷をするといわれる古代よりの裁きのやり方だ。

「探したが、坊っちゃまも見つからなかった。俺が着いた時、すでに屋敷は火の海でな、中に飛び込むことさえ出来なかった」

「酷《むご》い……」

犯罪者は穢れ人である。家財は没収され、家屋は禊《みそ》ぎで焼き払われる。

阿鹿はその習わしを兄の慈築から聞いたおぼえがある。しかし、この時はまだ自らの身に起きたこととは思えなかった。

京都の検断所に連れて行かれた父と母の疑いが晴れ、兄と一緒に必ず帰ってくる。

阿鹿は藁《わら》蒲団の中で身体を震わせながら父母と兄の無事を願った。

ただ祈るしかなかった。

三

真犯人を必ず見つける。

心に強く焼きつけたのは父母が連行されて十日後のことだ。

父母は市中引き回しのうえ、獄門にかけられたらしいと知った時、全身に悪寒《おかん》が走り、その夜は一睡も出来ず、蒲団の中で泣き通した。

岩松はその後も坂本に行き、兄を捜した。家が焼かれた日、火達磨《ひだるま》の慈築を屋敷の裏で見た者。さらに火達磨で川に落ちていく慈築を目撃した者が数多くいたらしい。それを確かめて来た岩松は「阿鹿さまには内密だ」と、六郎に囁いたのだ。

胸が張り裂ける思いがして阿鹿は激しく嘔吐《おうと》した。

――この世には神も仏もない。

自らの運命を呪《のろ》った。

夜明け前、阿鹿は岩松には告げず、密かに一人で坂本に向かった。

八瀬から松尾坂を登り、北尾谷を左に見て釈迦堂まで一気に走った。

比叡の山は女人禁制である。幼い娘といえども追い返される。人に見つからないよう気を配りながら登った。にない堂、浄土院《じょうどいん》、戒壇院《かいだんいん》、根本中堂《こんぽんちゅうどう》、文殊楼《もんじゅろう》を経て、表参道を走り下った。さすがに息が乱れ、途中で休息したが、気は急いた。

花摘社《はなつみのやしろ》まで来れば日吉社まで後わずかだ。

生まれ育った屋敷がどうなったのか、知りたかった。岩松の話で家屋敷は焼かれたと聞いたが、自らの眼で確かめたかった。

まもなく屋敷に着くと思うと、懐かしさが込み上げてくる。

あと少し進めば樹々の間から家の屋根が見えるはずだ。だが、いくら進んでも見えてこない。小道を右に折れ、石垣の所まで来て初めて愕然《がくぜん》となった。

屋敷は消えていた。

敷地には黒々と焼け焦げた屋根瓦や柱や桟の残骸が乱雑に散らばっていた。焼け焦げた嫌な臭《にお》いが充満している。時折吹く風に焼け残った煤《すす》が黒く舞い散っていく。

荒涼たる廃墟に阿鹿は茫然と立ち尽くした。

「兄さま、兄さまぁぁぁ〜！」

幾度も叫んだが、その声は風に流れて虚しく消えた。

別れ際に笑顔で見送ってくれた兄の姿がよみがえる。

兄はいつも優しかった。文字の読み書きや絵の描き方を教えてくれた。

忘れもしない二年前の秋のことである。赤く熟した烏瓜《からすうり》を取りたいと阿鹿は高い木に登り始めた。すると〝危ない〟と言って兄が代わりに登った。手を伸ばして蔓《つる》を摑もうとした途端、足を滑《すべ》らせて真っ逆様に落ち、不運なことに尖《とが》った岩で左脇腹を鋭く裂いてしまった。夥しい血が噴き出したが、兄は動ずる様子も見せずに立ち上がった。

〝私のために兄さまが怪我《けが》をしたのです〟と、阿鹿は泣いて詫《わ》びたが、兄は〝お前でなくてよかった〟と、庇《かば》ってくれた。

阿鹿は左脇腹の傷痕《あと》を見るたびに兄の優しさを身に沁《し》みて感じたものだ。

頼りにしていた兄の姿はない。屋敷もない。父も母もいない。

阿鹿はむせび泣いた。

眼下に広がる琵琶湖は陽光を浴びてキラキラと輝いている。

このまま琵琶湖に飛び込んで死んでしまいたい。そんな衝動にかられた。

一陣の突風が吹き、黒い煤があたり一面に飛び散った。どす黒い渦を巻いた煤は毒蛾の群れとなり、阿鹿に襲いかかってくるかのようだ。十日ほど前の朝、瑠璃堂の前で見た美しき紫シジミ蝶の群れとは真逆の醜き毒蛾の群れのようだ。

一瞬、悪しき幻を振り払いたい思いで目を閉じた。

心のうちで、あの神秘な紫シジミ蝶を必死に想い描いた。

小さな紫シジミ蝶は翅《はね》を懸命に動かして虚空を舞っていた。

あの時、蝶の微《かす》かな生命の翅音を聞いたような気がした。一羽一羽が命を持ち、悲しいほどの儚さを宿しつつも束の間の生を謳歌《おうか》していると感じたものだ。

ふいに燃えるような思いが心によぎり、眼を開けた。

――生きるのだ。死ぬ前にやらねばならないことがある。

周囲にはどす黒い煤がなおも舞っている。

夥しい量の煤を浴びながら阿鹿は決意した。

――心に毒を宿そう。父と母を貶めた者たちを探し当てる。死ぬのはそれからでも遅くはない。新たに生まれ変わった気になり、犯人を見つける。

小さな心で自らに固く誓った。

今までの名をそのまま持っているのが辛かった。

小さな身体で懸命に生きる紫シジミ蝶の乱舞が再び心によみがえる。

これからは乱蝶と名乗ろう。

犯人を探すためだ。亡き父や母もきっと許してくれる。妹の阿兎の名も変える。高梨慈順の娘だと知られれば災いを受けるに違いない。妹は八瀬の村で静かに密かに雑草のように育ってほしい。密かな草。秘草にすると勝手に決めた。

――それにしてもいったい誰が……。

高梨慈順の冤罪《えんざい》を企んだ犯人はその後もまったくわからなかった。

やがて夏が過ぎ、秋が過ぎ、八瀬の村に冬が訪れた。

新年を迎えた頃には、叡山の風景が白一色の雪に覆われて見えなくなるように、事件は風化して消え、人々の心から忘れ去られてしまった。

父が務めていた叡山の諸役は、修伊という名の僧侶が引き継いだ。

修伊は高貴な公家の子息で将来の道は開けていたが、勉学や修行が嫌いで学僧の道を断念した男だ。しかし、世事に長け、坂本と堅田の関銭や手数料徴収の役割などを任された。琵琶湖で働く人々を統括する役目も担い、みるみる勢力を伸ばしていき、回漕問屋、運送業、土倉《どそう》などを営んで膨大な利益を上げていった。

高梨家は穢れを清めるために焼かれただけではない。財産もすべて没収された。検断得分が為されたのだ。

検断権を持った人が罪を犯した者の財産を没収し、自分の物にできる制度だ。警察権や刑事裁判権を持つ検断人は守護や地頭がなる場合が多い。だが、高梨慈順の事件に関しては比叡山の僧侶たちが任じられた。

延暦寺などの有力寺社は、朝廷や幕府にとって治外法権の場である。幕府の役人は直接の検断権を持ち得ない。それゆえ寺社から選ばれた者が犯罪を裁いた。

その検断人の者たちに高梨家の莫大な財産は分け与えられたのだ。

修伊もその一人だった。高梨慈順の仕事の後を継ぎ、財産の一部を得、瞬《また》く間に勢力を伸ばした修伊はもっとも利益を得た男と言える。

岩松は当初、高梨慈順の冤罪を仕組んだのは修伊ではないかと疑った。

だが、修伊は高梨家に出入りしたことはなく、阿修羅像や血糊の剣を屋敷の奥に隠すような真似はできない。しかも蓮融殺害事件の当日は高野山《こうやさん》に出かけていた事実が判明した。誰かを使って冤罪を仕組んだ可能性はあったものの、確たる証拠は摑めなかった。

高梨家に入り、阿修羅像や血糊の剣を隠し置くことの出来る者は一人しかいない。禅示坊だ。

だが、岩松が調べたところ、禅示坊も蓮融が殺された日、京都の知恩院《ちおんいん》にいた。高梨家の財産を分け与えられるという恩恵は一切なく、禅示坊が高梨慈順を排除しても何ら利益を得ることがないとわかった。

他に検断得分の恩恵を受けた僧侶なども調べたが、疑わしき者は誰もいない。

追捕使の先達は奥山伸之進《しんのしん》という侍だとわかった。しかし、この男は父母が断罪された二日後、何者かに殺害されて鴨川に浮かんでいたという。

犯人探索は暗礁に乗り上げてしまった。

それでも乱蝶は諦めなかった。

いつか必ず真犯人を見つけ出し、父の汚名をそそいでみせると心に誓った。

その日から乱蝶はいざという時に備えて身体を鍛《きた》えた。朝な夕なに比叡の山麓を走り回り、体術や剣術、棒術、手裏剣打ちなどの修行に励んだ。

樹から樹に飛び移ったり、沼で泳いだり、竹筒で数刻の間、水中に潜っていたり、忍びまがいの訓練を繰り返した。

さまざまな術を教えてくれたのは東近江の六郎や岩松だ。

とりわけ六郎は修験《しゅげん》の道に秀でており、乱蝶が弱音を吐くと情け容赦もなく罵声を浴びせるのだった。

女でありながら乱蝶は男のように育てられ、自らもそれを望んだ。

――父の無罪を明らかにする機会《とき》は必ず来る。

それを信じて乱蝶は厳しい修行に堪え続け、身体を鍛えながら日々を送った。

やがて野鹿にも負けぬほどの走りや八瀬の男と互角に戦える技を身につけた。

だが、十年の歳月は虚しく流れていった。

四

過去の忌まわしい事件を忘れることが出来ぬまま乱蝶は長い歳月を過ごした。

父を罪に陥《おとし》いれた犯人への憎しみだけで生きてきた。

その間に世相は大きく変わった。

十年前、父に投げかけた兄の不安は現実となった。

南近江を支配していた六角《ろっかく》氏が織田信長に敗れ、伊賀《いが》に敗走した後、坂本、堅田は織田の勢力圏になりつつあったのだ。

永禄十二年（一五六九）、堅田は信長からの朱印状を受けたようだ。この頃より堅田衆の一部は織田家の支配下に組み込まれ始めた。

しかも堅田など西近江の荘園領主であった比叡山延暦寺は、寺領である各所荘園の権利を信長に奪われてしまった。延暦寺は暴挙を朝廷に訴えた。その訴えを認めた朝廷は綸旨《りんじ》を出して延暦寺領の還付を命じたが、信長は無視して従わない。

――あの時の兄の不安はあたった。

織田信長は瞬く間に堅田、坂本を支配しようと触手を伸ばし始めたのである。

乱蝶の暮らしも大きく変わった。

十年後の今、京の四条で扇屋を営めるのは好運としか言いようがない。

乱蝶は幼い頃より手慰みに扇を作っていた。八瀬村の竹を使って八骨、十骨を組み合わせ、思いつくまま和紙に絵を描き、暮らしの足しにしていた。

やがて乱蝶の作った麗しき絵扇は八瀬村だけではなく、京の町にも噂が広まった。

たまたま八瀬の村を訪れ、絵扇に魅せられた藤堂佐久兵衛は乱蝶が京の都に店を構える働きかけをしてくれ、しかも元手の一部を出してくれた。

残りの銭は東近江の六郎、岩松、さらに八瀬村の人々の援助を受け、乱蝶は細々ながらも京都四条に扇の店を構えることが出来たのだ。

店を出して四月後、ふいに転機が訪れた。

父を罪に陥れた憎むべき犯人の手がかりを掴んだのだ。

それは思わぬ契機《きつかけ》からであった。京都二条と東《ひがしのとういん》洞院通りが交差する処で酒屋を営む今戸佐助《いまどさすけ》という男から絵扇を頼まれ、届けた時のことである。

客間に案内された乱蝶は驚くべき物を見た。

それは床の間に飾られた牧谿筆の〝栗柿〟の絵だった。

十年前、蓮融さまが長年の善行と功労を讃えられ、お山より阿修羅像を賜った時、父がお祝いとして贈ったものと色や構図がまったく同じなのだ。しかし、牧谿が同じ構図の絵を別にも描いたかもしれない。乱蝶は逸《はや》る心を抑えて軸装を見た。天と地が紫の絹、一文字と風帯《ふうたい》は小紋の濃い浅葱《あさぎ》の金襴《きんらん》で仕立てられている。しかも掛緒と巻緒は紛れもなく母を手伝って自ら編んだものだった。

乱蝶の身体は雷に打たれたごとく痙攣《けいれん》した。

蓮融さまが殺害された時、庵は焼かれたと聞いている。床の間に掛けた〝栗柿〟の絵は当然、焼失しているはずだ。それが今ここに残っている。蓮融さまを殺した後、放火する前に下手人が持ち出したとしか考えられない。

この絵を盗んだ者こそが蓮融さまを殺した張本人だ。

「心和《なご》む絵ですこと。牧谿の筆でございますね」

乱蝶は逸る心を抑えながらさりげなく訊《き》いた。

「お高かったでしょう。どちらよりお求めになりまして?」

「買ったのではありません。禅示坊さまより賜りました」

乱蝶は驚悸《きょうき》した。

——禅示坊はなぜこの絵を持っていたのか?

蓮融さまが殺された日、禅示坊は京都の知恩院にいたという。じかに手を下せないのは確かで、庵から絵を盗めるはずがない。盗んだのは殺害者だ。禅示坊は殺害者と繫《つな》がりを持ち、栗柿の絵を譲り受け、新たに今戸佐助に渡したのだろうか。

確証はない。だが、乱蝶は勝手な思いをめぐらせた。

蓮融さまが殺された後、京都より戻った禅示坊は殺害者から血染の剣と阿修羅像を受け取り、密かに高梨家の納戸に殺害証拠の品として隠し置いた。

そして二日後の夜、禅示坊は検非違使たちと坂本の屋敷に来た。

そうに違いない。

乱蝶はそう決めつけた時から禅示坊の周辺を探り始めた。

今、禅示坊は畿内《きない》でさまざまな商いをしている。酒屋、土倉、米屋、味噌《みそ》屋、油屋などを営み、それぞれの店は京都だけでも並大抵の数ではない。しかも禅示坊が立ち上げた組織である修徳衆の息のかかった商人たちが畿内各地に店を出している。

その収益の一部が修徳衆に納められ、各店舗から集まった銭は膨大であるようだ。

禅示坊はもともとは裕福ではなかったはずだ。

商いの元手となる初めの資金を禅示坊がどこで調達したかをいろいろ探ってみた。

しかし、いくら調べてもわからない。

焦った乱蝶は、真夜中に禅示坊の屋敷に潜入しようと試みた。

修徳衆の集まる修徳院は三条通りを東に進み、鴨川を越え、大津路《おおつじ》を粟田口《あわたぐち》方面に少し登った白川《しらかわ》沿いの閑静な所にあった。寺域の周りは、白川から引き入れた水が満ちて堀となり城郭の態《てい》を成している。しかも広大な伽藍《がらん》の周囲には常に僧兵とおぼしき者たちが見張りをし、蟻《あり》の這い出る隙間もない。

禅示坊が暮らすといわれる奥の院に潜入するのは至難の業だと感じた。

――今戸佐助の館に忍び込めば何か手がかりが摑めるかもしれない。蓮融さまに差し上げた栗柿の絵。父の形見ともいえるあの絵を取り返したい。

熱い血がたぎり、乱蝶はついに偸盗《ちゅうとう》になることを決意した。

数日後の夜、乱蝶は忍び装束に身をやつし、今戸佐助の店に潜入した。

初めての盗みに身が凍るような脅えを感じた。だが、怯《ひる》む心を鼓舞し、店の奥の客間に忍び込んだ。床の間に掛けられた目当ての栗柿の絵を外し、手早く巻いて巻を結んだ。

幸いにも人の気配はなく、初めての盗みはことのほかうまくいった。

――今戸佐助と禅示坊との関わりを知り得る何らかの手がかりを摑みたい。

長居するのは危険を伴う。それがわかっていながら心が高揚して抑えられない。裏庭に向かうと白壁の蔵があった。錠が掛かっている。妹の秘草に作って貰った幾つかの鑰《かぎ》で次々と試してみる。震える指で四つ目の鑰を差し込んだ時、弾ける音がした。筒《つつ》から鍵《ばね》が外れた感触を得たのだ。

この時の歓びは一生忘れられないだろう。

鑰を作ってくれた秘草の巧みな腕に感謝しつつ蔵の中に入った。

神仏のご加護か、偶然の為せるわざか、災いの前触れなのか、乱蝶は蔵に置かれたひとつめの木箱を開けた途端、立ちすくんだ。

亡き父が大切にしていた唐茶碗《ぢゃわん》が入っていたのだ。

それは幼き日、時々、触《さわ》らせてもらった白地の天目《てんもく》だ。

触れると、父の温《ぬく》もりが伝わってくるような気がし、目頭が熱くなった。

――なぜこの茶碗が佐助の蔵にある？

雷が落ちたような衝撃を感じた。

父が持っていた白天目はおそらく検断得分によって誰かに与えられた物である。これを得たのは検断人たちだ。佐助は検断人ではない。検断人の一人から譲り受けたに違いない。栗柿の絵と同じように禅示坊から貰ったのか。違う。禅示坊は検断得分の恩恵を受けてはいない。父が所有していた物を持っているはずがない。では、佐助はいったいどのようにして手に入れたのか。

混乱しながらも白天目を懐に納めた。

思わぬ成り行きに心をぐらつかせながら他の木箱の蓋を次々と開ける。

だが、本来の目的である禅示坊に関わる手がかりは何も見つけられなかった。

この時、乱蝶は新たな決意をした。

父を罪に陥れた者を白日の下にさらす。そのためには多少の遠回りは致し方ない。

まずは修徳衆の息のかかった店だけを標的に銭を奪ってひと泡吹かせる。

〝比叡の風〟の書き付けを残せば、修徳衆は何らかの動きをするに違いない。

搦手《からめて》から攻めれば、やがては禅示坊が出てくる。

禅示坊を本丸から追い出してみせる。

この夜から続けざまに修徳衆に関わる店を標的にし、四軒の屋敷に潜入した。

今戸佐助の屋敷に続いて、二軒目は油屋《あぶらや》弦平衛《げんべえ》、三軒目は綿屋《わたや》の権六《ごんろく》、四軒目は土倉を営む鷲尾治内《わしおじない》の蔵から金塊を盗み、二軒目からは、

『修徳衆殿　穢れし銭の一分をいただきます　比叡の風』と書いた文を残した。

そして五軒目の升屋当左衛門宅で思いも寄らぬ殺害事件に遭遇したのだった。

第二章　修徳《しゅとく》衆と閻魔《えんま》の眼

一

「藤堂さまが殺された？」

乱蝶は耳を疑った。

藤堂佐久兵衛とは昨日、話をしたばかりだ。信じられなかった。

妹の秘草は蒼白な顔をして唇を噛んでいる。

藤堂佐久兵衛は京で扇を扱う組合に話をつけてくれたり、店を出す援助をしてくれた恩ある人だ。頻繁に訪れ、自らの娘のようにさまざまな心配りをしてくれた。

それに甘えて乱蝶は数多くの悩みを聞いてもらった。

「いつなの？」

「今朝、夜明け前らしいの」

瞳に溢《あふ》れんばかりの涙を滲《にじ》ませて秘草は応えた。

秘草はからくり技術に興味を抱き、暮らしに役立つさまざまな物を作っている。

そんな秘草に対し、佐久兵衛は何かにつけて銭を工面してくれていた。

「御内儀《おないぎ》の阿里《あり》さまも……登久兵衛《とくべえ》さまも……佐華《さか》さまも……」

涙声で秘草は佐久兵衛の妻女と子息と娘の名をあげた。

「みんな……？」

乱蝶の身体は凍りついた。

秘草は顔を引き攣《つ》らせてうなずいた。とりわけ同い年で親しかった佐華の名をあげたとき、瞳に溜まっていた涙が大粒のしずくとなってボロボロと流れ落ちた。

「夜盗の仕業なの？　お役人はなんと言ってるの？」

思わず声を荒らげて訊いたが、秘草にわかるはずがない。

――いったい誰に？

乱蝶は昨日、藤堂佐久兵衛の顔に一瞬よぎった翳りを思い出した。

〝何かお困りのことでもあるのですか？〟

そう尋ねると、佐久兵衛は修徳衆や禅示坊の悪しき噂を憂鬱《ゆううつ》そうな顔で口にした。

〝お嬢、私に何か起きたとしても家族とは今までどおり親しくしていただきたい〟

そうつぶやいて去って行った佐久兵衛の最後の言葉が幾度もよみがえる。

――修徳衆と何らかのいざこざがあったのだ。それゆえ殺された。

乱蝶はそうに違いないと感じた。

「姉さま。藤堂さまご家族を殺《あや》めたのが修徳衆だと思っているのでは？」

我に返ると、秘草が赤く充血した眼で見つめている。

「決めつけてはいません」

「疑っているのでしょう。危ないです。修徳衆を探るのはもうやめにして！」

秘草は乱蝶が盗っ人になったのを知っている。

ある夜、三度目の盗みを働いた後、忍び装束で家に戻った姿を見られたのだ。

勘の鋭い妹である。下手な言い訳や嘘は通用しない。

秘草はこの世で心を許せる数少ない一人だ。問い詰められて〝修徳衆に与《くみ》する商人宅に潜入している〟と、告白せざるを得なかった。

「そんな無謀な真似はやめて！」

強く諫《いさ》めてきた秘草の顔はいまだに忘れられない。

「復讐心など忘れ、女として幸せに暮らしてください」

「復讐？　そのような思いはありません。多くの人に敬《うやま》われた父が高僧殺しの汚名をきせられたのです。父が無実であることを世の人々に知らしめたいだけです」

だが、秘草は納得しなかった。

何かにつけて〝危ない真似はやめて〟と、言い募ってくる。

乱蝶とて幾度も迷った。しかし、幼き日、坂本の焼け跡で黒く散る煤を浴びながら自らの生きざまを決めたのだ。父を極悪人に貶めた犯人を必ず見つけ出す。父母のぬれぎぬを晴らすために一生涯を捧げる。そう心に誓ったのだ。

その標的がわかり始めた今、眼を閉じ、手を拱《こまね》いているわけにはいかなかった。

現に修徳衆は恩ある藤堂佐久兵衛の家族を殺した疑いさえ感じられる。

――修徳衆に逆らう何かをして殺された。許せない。

乱蝶は藤堂佐久兵衛家族の死を悲しみ、下手人に憤りをおぼえた。

――たとえ我が身はどうなろうと構わない。必ず悪事を暴《あば》いてみせる。

乱蝶は決意を新たに蒼天《そうてん》を仰ぎ見た。

二

禅示坊は苦虫を噛みつぶしたような顔で弟の修羅鬼《しゅらき》を睨《にら》みつけた。

「愚かな。なぜ藤堂一家を皆殺しにしたのだ」

修羅鬼はふて腐れた態度で応えない。

「佐久兵衛の店は繁盛しておる。修徳衆に組み入れ、生《い》かさず殺さず、収益の一部を上納させるつもりだった。跡継ぎまで殺すことはなかったのだ」

「佐久兵衛は堅物《かたぶつ》野郎だ。兄者とて何度も話を持ちかけたのだろう。それにも拘わらず拒み続けやがった。脅して言いなりになる玉じゃねえ」

修羅鬼はペッと唾を吐き捨てた。

「人を手なずけて従わせるにはな、時を要せねばならぬ。わからぬか」

「俺は……気に喰わねえ奴は殺す」

修羅鬼は左頬の傷を手で撫でた。殺意の心を宿したときによくやる癖である。

「修義《しゅうぎ》！　気短な心根は直せ」

禅示坊は声を荒らげた。

「修義と呼ぶのはやめてくれ。俺はその名を捨てた。今は修羅鬼だ」

「わかっておる。だがな、我らの幼い頃の屈辱を思い出すのだ」

修羅鬼は顔をそむけた。

二人は犬神人《いぬじにん》の子として育ち、京都の建仁寺《けんにん》門前に住んでいた。

父は沓《くつ》や弓弦《ゆみづる》を作る一方、祇園《ぎおん》社境内や祇園会の神幸《しんこう》の進路を清めたり、洛中の死《し》屍《し》や動物の遺骸始末に携わっていた。

禅示坊が十四歳の時、父は無頼の徒と喧嘩《けんか》をして殺された。

母も追うように病で死んだ。

それ以後、禅示坊は父の仕事の後を継いだ。

頑強で大きな図体だった禅示坊は、次第に犬神人として祇園社の武力を担い、さらに権門や検非違使にしたがって洛中の警備組織の末端に組み込まれていった。

彼なりに大いに働いた。

だが、朝早くから夜遅くまで働きづめでも白い飯をろくに食べられない。比叡山の僧侶にはペコペコと頭を下げなければならず、それが嫌で堪《たま》らなかった。

しかし、あざとい振る舞いだと思いつつも媚《こび》を売れば、相手は歓び、可愛がってくれることを知り始めた。周囲に笑顔を振りまいて人の機嫌を取る。

禅示坊はその方便を少しずつ身につけていった。

「今の私があるのはなぜだと思う。耐え忍ぶ心を身につけたからだ」

「俺には出来ねえと言ってるだろう」

弟の修義は生まれながらにして癇《かん》が強く喧嘩っ早い。左頬の傷も喧嘩した際に匕首《あいくち》で刺された痕《あと》だ。幼い頃から盗癖があり、見つかって逃げる時のすばしっこさは誰もが舌を巻くほどだった。成長するにつれて身体が大きくなり、腕力も人一倍強く、犬神人の中で次第に頭角を現し始めた。

今では名を修羅鬼と変え、禅示坊の陰の軍団の長として働いている。

「修羅鬼、お前の性根はよくわかっておる。だが、私の指示通りに動いてくれ」

「くどい。俺は兄者の道具じゃねえ。生身の人間だ。腹が立つ奴は殺す」

「人になびく術《すべ》を少しは身につけろ」

禅示坊としても初めは嫌々ながら媚を売る笑顔をむりやり作った。だが、日々、繰り返しているうちに親しみを感じさせる笑顔が自然に身についていったのだ。

慈愛に満ちたような笑顔。それが今、大いに役立っている。

少しだけでもよい、弟にもこの方便を身につけて欲しいと常に思っている。

「気性が変えられぬのはわかる。だが、むやみに殺生《せっしょう》するのは慎《つつし》め。町で多くの死《し》人《びと》が出れば所司が動き出す。役人の中には我等の思い通りにならぬ者もいるのだ。いつ何時、苦境に陥るとも限らぬ。それを肝に銘じておけ」

「所司が怖くて京の町を歩けるか。偉そうにしているが、奴らは腑抜けばかりだ。俺に逆らう役人はみんなぶっ殺してやる」

幾《いく》ら説得しても埒《らち》があかない。禅示坊は諦めの溜め息を吐いた。

「今日はこれまでにしておこう。まもなく会合《えごう》が始まる。修羅鬼、例の者の始末、わかっておろうな」

「ああ、兄者の頼みなら、何百人、何千人だろうと殺してやるさ」

修羅鬼は不敵な笑みを浮かべ、左頬の傷を撫でた。

「今から殺《や》るのは、ひとりでよいのだ」

去って行く修羅鬼の背に向かって禅示坊はつぶやいた。


奥の院の部屋には修徳七人衆のうち六人がすでに集っていた。

七人衆は修徳衆の最上層の人々であり、堺《さかい》の会合衆のようなものだ。

堺の会合衆は三十六人の富裕商人で編成され、町の政《まつりごと》を運営していた。その中でも特に有力な十人が主要な自治を司っている。

禅示坊はこれを真似て組織を作った。近畿《きんき》一円の各地域に三十六人の商人を配し、実力者七人を選んだ。この修徳七人衆を決定機関としたが、事実上は頂点に立つ禅示坊の独壇場であった。各地区の商売の縄張りの割り当てなども禅示坊が決めた。

修徳七人衆、下部の三十六人衆、さらに下の組織の多くの加盟員たちといった三角錐《すい》の頂点に禅示坊は立っていた。

今より二年前の永禄十一年（一五六八）、足利義昭《あしかがよしあき》は織田信長に支えられ、入京して将軍となった。幕府には直属の奉行所といわれる所司はあったが、朝廷や公家との折衝がおもな仕事であり、京都の市井《しせい》の人々の暮らしなどには関心がなく、社会の裏でいかなる犯罪が為されているかなど知ろうともしなかった。

それを幸いに禅示坊は修徳衆なる組織を作り、巨大な市場を支配下に置いた。

昔より京都の経済は叡山なしには成り立たない側面を持っている。

禅示坊は叡山を後ろ楯《だて》にみせ、時には叡山の名を騙《かた》りながら組織を拡大していった。

手始めに土倉を取り込もうと目論《もくろ》んだ。京都にある三百軒ほどの土倉のうち二百四十近くが叡山に属し、収益の一部を運上していた。

土倉は高利で金を貸すだけでなく、預金も引き受けている。禅示坊は叡山の名を使い、土倉の多くを仕切り、上納金を強制的に取り、多大な利益をあげた。

続いて馬借《ばしゃく》を取り込むことを考えた。

米は叡山領荘園の多い越前《えちぜん》、加賀《かが》、さらには近江から来る。それを運ぶ琵琶湖の舟運は叡山に握られていた。米を京に運び入れる運送業者は叡山の支配下にある大津、坂本の馬借である。禅示坊はそこに眼をつけ、数多くの馬借たちを束ね上げた。

また三条町、錦小路《にしきこうじ》町、四条町、七条《しちじょう》町、祇園社に属する綿座商人から上納金を吸い上げた。さらに紙屋、薬屋、豆屋、茶屋、紺《こう》屋、金箔屋、酒屋などの商人や職人に食い込んで布施《ふせ》の名目で銭を上納させた。

だが、京の町の上京、下京には数多くの法華宗徒の商人がいる。

とりわけ上京に住む法華の受法者である大檀那たちを取り込むのは至難の業だ。

これからどのように切り崩していくかが、悩みの種でもあった。

一方で禅示坊は裏の仕事でも莫大な収益を得ていた。

夜盗たちが押し込み強盗や窃盗で手に入れた盗品をさばいたのだ。

たとえば泥棒が善良な商人宅から為替を盗んだとする。その為替を息のかかった闇の業者に手渡し、振り出した当人に突きつける。〝これは盗まれた為替です〟と、被害を受けた相手に言われてもびくともしない。為替の処理に精通した者を抱え、法度に則《のっと》って談判する。額面どおりに払わなければ家屋敷を取り上げる。払えない者の家に娘がいれば女郎屋に売ってしまう。

被害者に〝娘が強引に拉致《らち》された〟と訴えられても埒が明かないようにした。役人に賄賂を摑ませて見て見ぬふりをさせるのだ。

修徳衆が裏でこのような悪辣《あくらつ》な仕事をしているのを知る者は数少ない。

七人衆と三十六人衆だけである。

上部組織の七人衆の顔ぶれは、若狭の治郎《じろう》、円明坊賢慶《えんめいぼうけんけい》、亀山法常《かめやまほうじょう》、八上《やがみ》の乗昇《じょうしょう》、杉生坊《すぎおぼう》、今戸佐助、そして今は亡き升屋当左衛門であった。

「当左衛門は我等を出し抜いて密かに別組織を作り、収益を得ようとした。秩序を乱した者は家族郎党皆殺しと定める。この掟に準じて処分した」

禅示坊は部屋に入るなり、一同に告げた。

「当左衛門が亡き今、七人衆で欠けた後の一人を補わねばならぬ。上京で土倉を営む愛宕徳三郎《あたごとくさぶろう》に決めたいと思うが、皆の衆、いかがであろうか」

「それは宜《よろ》しゅうございます。愛宕徳三郎は切れ者、若いに似合わず肝も据わっており、口も固い。適任でございます」

若狭の治郎が賛意を表した。

治郎は若狭で米や海産物を手広く扱っている。修徳七人衆の一人として主に若狭、北近江方面を管轄している。

「皆の衆も禅示坊さまにご賛同なされましょう」

若狭の治郎が言うまでもなく、禅示坊に逆らう者は誰もいない。

「愛宕徳三郎殿、皆さまのご同意を得られましたぞ」

禅示坊が声をかけると、

「失礼致します」

襖を開けて隣の部屋から三十歳ほどの男が現れた。

「上京、京極《きょうごく》通りで土倉と酒屋を営みます愛宕徳三郎でございます。このたびは修徳七人衆に加わらせていただき、ありがたき幸せに存じます。三十六人衆として働かせていただきました今までにも増して、忠誠をお誓い申し上げます。私の血の滴が燃えるごとく、身も心もすべてを修徳衆に捧げさせていただきます」

徳三郎は懐から血判を押した護符を取り出し、

「この護符に示した血判がその証でございます」

と、護符を燃やして一味同心の誓いを立てた。

修徳衆は新たに加わる者に対し、御恩と奉公の規律を厳しく守らせている。

いわゆる血の掟である。

禅示坊は、幕府はもとより、武将、朝廷、叡山の僧侶、あらゆる階層の人々に修徳衆の裏の仕事を知られないよう徹底を図っていた。内幕を知るのは修徳七人衆だけだ。三十六人衆でさえ、裏の仕事の全容までは知らされていない。

「もうひとつ空席が出ることになった」

禅示坊は改めて一同を見回した。

「席が空くですと？　衆主、どういうことですか？」

若狭の治郎が訝しげな顔をして尋ねた。

「裏切り者の当左衛門にそそのかされ、共に謀って動いた者がこの中におるのだ」

「そ、それは誰ですか？」

若狭の治郎の顔が少しばかり引き攣った。

直後、ビュッと、不気味な音がし、鋭く尖った細い鉄の棒が空を切って飛んだ。

何事かと一同が眼を瞬《しばたた》かせた刹那《せつな》、飛来した細鉄が若狭の治郎の額《ひたい》にズブリと突き刺さった。

「あっ！」

誰からともなく息を呑む声が洩れた。

すでにその時、若狭の治郎はカッと眼を見開いたまま絶命していた。

「修徳衆を裏切る者は……地獄に落ちるしかねえ」

隣の部屋から声がし、吹き筒を持った修羅鬼が現れた。

円明坊賢慶、亀山法常、八上の乗昇、杉生坊、今戸佐助、そして新たに任命された愛宕徳三郎は身じろぎひとつ出来ずにいる。

「兄者、この場は一人を殺ればいいんだったよな」

修羅鬼は薄笑いを浮かべながら治郎の屍をボロ布のように引きずって去って行く。

「若狭の治郎は升屋当左衛門と結託し、上京、北近江、若狭の商人たちを懐柔《かいじゅう》し、修徳衆の一角を崩そうと謀っておった。心の卑《いや》しい者は消えてもらうしかない」

禅示坊は悲しげに眼を伏せた。

「私は治郎の後の席に座る者をまだ決めておらぬ。皆の衆、若狭表《おもて》を取り仕切れる者を考えておいて欲しい。頼みます。では、次の評定に移りたい。今朝、夜明け前、藤堂佐久兵衛一家が閻魔《えんま》の眼《め》の逆鱗《げきりん》に触れ、消え去った」

六人は〝閻魔の眼〟の名を聞いてゴクリと喉《のど》を鳴らした。

修徳衆は裏で閻魔の眼と呼ばれる殺しの軍団を抱えている。

禅示坊の指示で修羅鬼が作り出したいわば暴力戦闘軍団だ。

この時代、多くの農民は荘園領主に重い税を課され、憤懣《ふんまん》を抱いていた。

「この世に正義などはありゃしねえ。力のある者が勝つのだ。俺はな、侍のようにおめえらを無理矢理、戦《いくさ》に駆り出したりはしねえ。腕力に自信があり、戦が好きな者だけを集めてるんだ。貧しく喰いっぱぐれている者はいつでも来い。世の中を恨んでいる奴は喜んで迎え入れるぜ。充分な銭を渡す。白い米がたらふく喰える。女は幾らでも抱ける。閻魔の眼で働けば贅沢三昧《ぜいたくざんまい》の暮らしが出来るんだぜ」

修羅鬼はそう嘯《うそぶ》いて貧しく暮らす若者たちを各地から駆り集めた。

閻魔の眼に加わった無頼の徒に盗賊や山賊まがいの略奪をさせるのが目的だ。

夜中に盗みを働き、婦女子を誘拐する。ある時は白昼堂々、富裕な屋敷を襲って金品を強奪する。敵対する組織があれば首謀者を抹殺し、縄張りを拡げた。

表向きは徳を標榜《ひょうぼう》する修徳衆。裏では暴力軍団の閻魔の眼。

禅示坊の指令のもとで、この両輪が見事に機能した。

修徳衆は繁盛する商家を狙って加入の勧誘をする。拒む者がいれば、閻魔の眼の出番で、たとえば犬の死骸とともに文を送りつけたりする。

『拝啓。貴殿、今のまま身勝手に商いをお続けなされ候らわば、
ご家族がこの犬のごとくなり申す次第、我らの知らぬことに存じ候　　閻魔の眼』

修徳衆と閻魔の眼はいっさい関わりがないように巧みに仕組まれた脅迫文だ。

だが、修徳衆に加われば、閻魔の眼から守られることを暗に匂わせる。

死ぬよりは銭を納めた方がまだよいと、商人たちは仕方なく修徳衆に入る。

藤堂佐久兵衛のように最後まで拒んだ人は家族皆殺しにされた。

このように閻魔の眼は修徳衆に逆らう者を闇から闇に葬《ほうむ》る役目を担い、今までにも数多くの人々を殺した。また修徳衆に加盟した後でも、禅示坊の意向に従わない者は閻魔の眼が情け容赦なく始末した。

こうして禅示坊は弟の修羅鬼を使い、闇世界でも悪の頂点に立ち、京都の上京、下京、近江の一部、さらに奈良、敦賀《つるが》一帯を支配し始めたのである。

「この一月《ひとつき》の間に立て続けに五軒が盗みに入られた」

禅示坊が憂い顔でつぶやくと、亀山法常は応えた。

「比叡の颪と名乗る盗賊に襲われたのは油屋弦平衛、綿屋の権六、土倉を営む鷲尾治内、そして升屋当左衛門の四軒です」

「いや、五軒だ。今佐の蔵も襲われておる」

禅示坊が渋い顔をすると、今戸佐助はかすかに首を振った。

「私の館に比叡の風の書き付けは置いてありませんでした」

「今佐、蔵から盗まれたのは、牧谿筆の栗柿の絵と白天目だったな」

「はい、その二点です。ですが、銭は盗まれておりません」

佐助が戸惑いつつ応えると、禅示坊は少しだけ声を荒らげた。

「いずれにせよ比叡の風なる輩は我ら組織の息のかかった店ばかりを襲っておる。一刻も早く不埒な賊を探し出すのだ。災いのもととなる芽は摘み取るべきである」

「ただちに対処致します」

この場にいた誰もが応え、佐助も素直にうなずいた。


会合が終わった後、禅示坊は不安を感じていた。

「栗柿の絵と白天目……」

今戸佐助の蔵には高価な茶碗や壺や掛け軸などが数多く納められている。その中で高梨慈順に関わりのある二点の品だけが盗まれたのだ。

慈順と妻女の阿夢は死んだ。屋敷は禊《みそ》ぎで焼き払われた。

禅示坊の脳裏に高梨慈順の息子と二人の娘の姿が浮かび上がる。

あの時、後々のためを考え、子らを闇に葬ろうと修羅鬼に見張らせた。

嫡男の慈篥は火達磨となって川に落ちて死んだと知ったが、幼い娘は二人とも煙のごとく消えてしまった。誰かが連れて逃がしたに違いない。

――まさか、あの小娘らが今になって復讐しようとしているのか？

――それとも修徳衆を妬《ねた》む誰か別の者か？

――あるいは俺に逆らう修徳七人衆のうちの誰かか？

禅示坊はさまざまな思いを巡らせた。だが、得心できる答えは見いだせない。

「俺の心を掻《か》き乱す奴は……必ず見つけ出して……殺す！」

禅示坊は怒りを込めて鋭く吠えた。

三

藤堂佐久兵衛一家が殺されて数日が過ぎた。

――何か新たな動きをしなければならない。

乱蝶は今までの経緯を頭の中で反復した。

一、栗柿の絵（蓮融さま所蔵）↓殺害者が持ち去る↓禅示坊↓（譲り渡し）↓今戸佐助。
禅示坊は殺害者と何らかの繋がりを持つに違いない。
一、白天目（父の所蔵品）↓検断得分で手に入れた検断人↓禅示坊?↓今戸佐助。
今戸佐助はこの白天目を誰から手に入れたのか、出所《でどころ》は不明。
一、阿弥陀仏像（父の所蔵）↓坂本の御坊修伊↓（売り渡す）↓升屋当左衛門（死）
修伊は検断得分により阿弥陀仏像を得たと考えられる。

禅示坊、今戸佐助、修伊、今は亡き升屋当左衛門の名が浮かび上がる。
四人と蓮融さま殺害者は何らかの関わりがある。
当時、検断人であった修伊は父の形見《かたみ》をまだ幾つも持っているはずだ。
修伊は今、坂本や堅田で叡山の仕事に従事しながら手広く商売をしている。
――新たな手がかりを摑みたい。
乱蝶は坂本にある修伊の屋敷を探ろうと決意した。
日没を待ち、忍び装束に身を固め、白川通りを北上して比叡山をめざした。

麓《ふもと》の道を進み、左に折れれば八瀬の里である。

岩松や六郎に会いたい思いが募った。

その時、ダダーン、ダダーンと、銃声が鳴り響き、山の繁みから鬨《とき》の声があがった。さらに続けざまに鉄炮が発射され、轟音《ごうおん》が耳をつんざいた。

「織田の間者《かんじゃ》だ。撃て！　撃てぇぇぇ〜〜！」

第二撃、第三撃の鉄炮が火を噴《ふ》くと、暗い森の中に幾条もの閃光《せんこう》が走った。

今、山は騒然としている。

年号が元亀と変わった今年九月。織田家に敵対する大坂本願寺《ほんがんじ》法主の顕如《けんにょ》が全国の門徒に〝信長打倒〟の檄《げき》を送った。

さらに顕如は北近江の浅井《あざい》氏、越前の朝倉《あさくら》氏にも出馬を求めた。

それに応じて進軍してきた浅井と朝倉の兵が比叡山の各所に陣を張ったのだ。

一方、敵対する織田信長軍は琵琶湖畔の坂本で陣を固めた。

両軍は睨《にら》みあったまま、まさに一触即発の状態だ。

信長は浅井・朝倉軍の勢いにたじろぎ、比叡山に脅しをかけたと噂されている。

〝今度、朝倉一味の心を翻《ひるがえ》し、我が方に味方すれば、前に没収した山門領はことごとく返却してやる。僧の身として一方のみに贔屓《ひいき》できないというのならば中立を守れ。浅井・朝倉に敵対するか、せめて中立か、両條とも従えぬとあらば、根本中堂、山王《さんのう》の社をはじめ、三千の僧坊まで一宇も残らず焼き払うであろう〟と。

だが、鎮護国家を自負する比叡山は信長の要求を拒《こば》んだ。

痺《しび》れを切らした織田軍は夜な夜な叡山に間者を入れ、端々の寺社を焼き、法師の首など一夜に二十、三十ずつ切り取った。

それゆえ山に籠もった浅井・朝倉軍は警戒に余念がないのだ。

たった今、激しく鉄炮が撃たれたのは織田の間者を狙ってのものに違いない。

これでは迂闊に山には登れない。京都に引き返すしかない。

乱蝶は坂本行きを断念せざるを得なかった。

第三章　謎の忍び女

一

乱蝶はしばらくの間、動けなかった。

その間に比叡山の状況は一変した。織田軍と浅井・朝倉軍が和睦《わぼく》したのだ。浅井・朝倉連合軍が和睦に応じたのは、冬を迎える比叡の山中で大軍を越冬させるのが難しかったからである。とりわけ朝倉軍は遠く越前から来ており、遠征して三月、兵糧は欠乏し、兵士たちの厭戦《えんせん》気分が高まっていたようだ。

一方で織田軍も窮地に陥っていた。

阿波《あわ》、讃岐《さぬき》の反織田の兵が摂津《せっつ》に進出し、南近江の六角氏も蜂起した。

また一向宗《いっこうしゅう》の門徒が各地で一斉に立ち上がった。特に長島《ながしま》に立て籠もった一揆衆の攻撃により信長の弟である信興《のぶおき》が十一月十六日、自刃に追い込まれた。それは織田方にとって大いなる痛手だった。

将軍足利義昭は織田の窮地を見かね、関白の二条晴良《にじょうはるよし》の協力を仰いで講和に動いたらしい。

十二月十二日に信長が講和を誓約し、十三日に朝倉義景《よしかげ》から信長へ起請文が出された。これを受けて信長は十四日に陣払いした。

浅井・朝倉軍も十五日に比叡山から退く。それを確かめた信長は翌日、大雪が降る中を佐和山《さわやま》の麓にある磯の郷に泊まり、十七日に岐阜《ぎふ》へ帰陣したという。

人伝《ひとづ》てに聞いた話なので確かではなかったが、乱蝶の心は複雑だった。

その後、朝廷から講和の勅命があったが、延暦寺は最後まで拒んだ。織田信長は奪った叡山領を返すはずがない。信長を信じない延暦寺はそれゆえ講和に応じなかった。

浅井・朝倉軍が山から去れば、延暦寺は孤立する。いずれは巻き返しをはかる織田軍に襲われ、苦境に陥るのは明らかだ。

乱蝶は延暦寺を愚かだと思った。

その一方で浅井・朝倉軍が山から去ってくれたことに安堵の吐息を漏らした。

いよいよ修伊の館に忍び込める時が来たと、決意を新たにした。

夜明け前、乱蝶は忍び装束で白川通りを北上し、比叡山をめざした。

小雪まじりの風が吹きすさんでいたが、走ることで身体を温めた。

比叡は聖なる山で女人禁制である。女の身で山に入るのを父や母が知ったら嘆《なげ》くに違いない。乱蝶は詫びるつもりで〝六根清浄《ろっこんしょうじょう》〟を唱えながら登った。

未《ひつじ》の刻（午後二時）を過ぎた頃、根本中堂に辿り着いた。ここから少し行けば、道は下りとなる。かなり疲れていたが、自らを鼓舞し、坂本へと続く道を急いだ。寒さで身を縮めながら山道を下ると、遠目に日吉社が見えてきた。十年以上も前、父や母や兄、そして幼い妹とよく来た大社である。乱蝶は一気に走った。

大社の境内は雪で白一色に染まり、神々しさに満ちあふれている。古代からの祭祀《さいし》の遺跡と言われる磐境《いわさか》の巨岩が雄壮に聳《そび》えている。

〝春にはな、神体山から荒魂《あらみたま》の神々を迎えて山下の祭祀場に祀るのだ。農耕の豊穣《ほうじょう》を祈る習わしなのだよ。山宮から里宮へ迎えられた神々はな、和魂《にぎみたま》となって集落の平和と豊穣を見守ってくれるのだ〟

降りしきる雪の空から父の声が聞こえてくるような気がした。

少し下れば昔住んだ屋敷跡に着くと思うと、胸に熱いものが込み上げてくる。

小道を右に折れると、雪の原が見えた。十年前は焼け焦げた灰の煤けた嫌な臭いが充満していたが、今は雪まじりの風に清々《すがすが》しささえ感じられる。

自らの運命を呪《のろ》い、激しく嗚咽した屋敷跡地である。父を罪に陥れた犯人を見つけると心に決めた場所でもあった。

――感傷にひたっていてはいけない。

我に返り、修伊の館に向かって歩み出した時、背後に何者かの気配を感じた。

乱蝶は咄嗟に雑木林の中に身を潜めた。

一月ほど前の夜、升屋当左衛門の屋敷に忍び込んだ帰り道、後をつけられた。その者に〝比叡の風〟と名指しされた。

修徳衆の息のかかった者は坂本にも数多くいる。油断は出来ない。

乱蝶は雪林に伏して辺《あた》りを透かし見た。

だが、忍び寄る怪しい人影はどこにも見当たらない。

吹き下ろす風と繁みの葉が揺れる音が聞こえるだけだ。

消えた人影は雪景色の中に溶け込んでしまったかのようだ。

しばらく繁みに潜んで相手の出方を探ったが、その後、気配は感じられない。

やがて辺りが薄暗くなった。

乱蝶は覚悟を決め、雪を踏みしめながら進んだ。

時折、繁みに隠れて周囲を窺《うかが》いつつ幾度も迂回して修伊の館近くに迫った。

修伊の館は思いのほか広い。屋敷は掘割《ほりわり》に囲まれ、水堀もあった。

檜皮葺《ひわだぶ》きの大門の前には門衛が二人立っている。篝火《かがりび》が焚《た》かれ、二人の男の姿が火影に揺らめいている。たやすく潜入できそうもない。

裏手に回ると、土塁《どるい》を巡らせただけの所があった。

忍び込むには最適だが、このような所には必ず罠が仕掛けられている。

乱蝶はそこを避け、あえて困難な所から侵入しようと決め、水堀の前に立った。

聳え立つ大銀杏《おおいちょう》の樹に登り、背負った麻の小袋から鉤縄を取り出して投げた。鉤が水堀の向こう側にある土塁を越えて飛び、屋敷内の杉の幹に引っかかる。一、二度、縄をグイッと引っ張った。鉤がきっちりと固定されたのを確かめ、大銀杏の幹に括《くく》りつけた。寒さにかじかんだ両手に息を吹きかけ、妹の秘草が作ってくれた小さな紐付き滑車を取り出して細紐に嵌《は》め、ぶら下がって一気に跳んだ。

細紐を伝って滑車がなめらかに回転していく。雪の降りしきる宙を飛ぶように移動し、瞬く間に水堀と土塁を越え、屋敷内の杉の幹に辿り着いた。

一呼吸して周囲を見回す。やはりこの一角の警備は手薄だった。それに引き換え、侵入しやすい土塁の近くには数人の男が焚き火を囲んで警護していた。

土蔵、穀倉、入母屋《いりもや》造りの屋敷が三十間ほど先に見える。

乱蝶は杉の木から滑《すべ》り下り、植え込み伝いに母屋へ向かった。入口の左右にある石灯籠《どうろう》のそばに二人の警護兵が立っている。こちらには焚き火はなく、篝火だけなので二人とも寒さに身体を震わせており、見張りどころではないようだ。

乱蝶は雪に覆われた植え込みから植え込みへと移動しながら母屋の近くに進み、砂《じゃ》利《り》道と飛石を駆け抜け、門柱の陰に伏した。そこから飛び出して男の鳩尾《みぞおち》に拳を突き上げた。

「ウグッ！」と、声にならぬ呻《うめ》きを発し、男は積もった雪の上にドサリと倒れた。

気配を感じた別の警護の男が振り向いた。

咄嗟に乱蝶は石灯籠の裏側に身を伏せた。

「おい、どうした？　これしきの寒さで……意気地のない奴だ」

別の男が訝しげに近寄って倒れた男を揺り起こそうとした。

刹那、乱蝶は屈めた身体を勢い良く伸ばし、男の鳩尾を打った。打撃は的確だったが、男は息を詰まらせながらも前の男のように倒れはしなかった。

「なんだ、お前は？」

一瞬、うろたえ、間抜け面で乱蝶を睨んだ。

機を逃さず、喉元に肘鉄を喰らわせると、男は蛙《かえる》の鳴き声のような呻きを洩らして気を失った。それを確かめ、それぞれの男の口に雪の塊《かたまり》を押し込み、猿ぐつわを嚙ませ、腕を後ろに束《たば》ねて麻紐で縛りつける。

それからの乱蝶は手早かった。

二人の両足を縛《しば》り、植え込みに引きずり入れ、周囲から見えないように隠した。

その時、雪の庭を見回る警護兵の姿が見えた。

ひょっとすると監視の交代があるかもしれない。

乱蝶は激しく降る雪の中、焦りを抱きながら屋敷に取りついた。

大胆にも正面の土間に駆け入り、爪先立ちで一気に廊下を走り、奥座敷に入る。

雪明かりで部屋の中は少しばかり薄明るかった。菜種油で明かりを灯す手間が省けたのは幸いである。床の間に飾られた掛け軸が目に入った。

近寄って見ると、絵は龍に乗った仙人図で、父が好んでいた雪村《せっそん》筆のものだった。

乱蝶は軸をすばやく外し、手際よく巻きあげた。

床の間の台の上には青銅の花入が置かれている。父が所有していた胡銅《こどう》だ。

なんと父の宝物《ほうもつ》が二点も飾られていたのだ。

修伊が検断得分で得たに違いない。

罪人の汚名を着た父の無念さが沸き上がり、胸をかき乱される思いがする。

――父の無罪を必ず明らかにする。

心に強く誓いつつ背負った袋の中に雪村の絵と胡銅の花入を納めた。

さらに壁際《かべぎわ》には作り付けの棚があり、多くの巻物が置かれている。

この中に父の遺品があるかもしれない。だが、確かめているゆとりはない。

愚図愚図《ぐずぐず》していたら屋敷の者たちに見つかってしまう。

修伊と禅示坊に関わりのあるものが何かないかと乱蝶は周囲を見回した。

近くに置かれた漆塗りの文箱に気づいた。蓋を開けると、書状が詰まっている。

手早く封を解いて見た。だが、手掛かりになるものはなかった。

乱蝶は逡巡した。居間の方から人の笑い声が聞こえてくる。家子の誰かが奥座敷にやってくるかもしれない。不安に駆られたが、勇み立つ心は抑えきれない。

せめてもう一カ所、どこかを探したい。納戸《なんど》を探ってみようと決意し、奥座敷を抜け、廊下を忍び進んで中に入った。衣類箱、調度の置かれた棚が並んでいる。

手がかりのありそうなところを懸命に探したが、それらしき物は見つからない。

乱蝶は焦った。心が重くなりかかった時、ふいに眼が一点に引き寄せられた。船箪笥である。抽斗《ひきだし》を引き開けると、そこには夏の着物などが詰まっている。

盗みを働く時、抽斗は下から開けるのが常道だ。しかし、咄嗟に考えを変え、もっとも上の段の三つの小抽斗を次々に開けた。すると、真ん中の小抽斗の中にそれらしき物を見つけた。〝目録〟と書かれた文字が目に飛び込んでくる。上等な鳥の子紙で折り畳まれていた。逸る心で開いて見ると、何事か、明細のようなものが書いてある。文字を読んで眼を瞠《みは》った。

そこには思いもよらぬ記述があった。

高梨慈順より得し名物目録

一、千鳥の香炉↓ゆすり渡し↓禅示坊↓のち若狭の治郎

一、青磁の花入↓ゆすり渡し↓禅示坊↓のち円明坊賢慶

一、菱《ひし》の盆香箱↓ゆすり渡し↓禅示坊↓のち亀山法常

一、小茄子の茶入↓ゆすり渡し↓禅示坊↓のち八上の乗昇

一、肩衝《かたつき》の茶入↓ゆすり渡し↓禅示坊↓のち杉生坊

一、唐茶碗↓ゆすり渡し↓禅示坊↓のち升屋当左衛門

一、白天目↓ゆすり渡し↓禅示坊↓のち今戸佐助
　以上、修徳七人衆に渡る。
一、虚堂智愚《きどうちぐ》の墨跡《ぼくせき》↓禅示坊
一、霰《あられ》釜↓禅示坊
一、木彫阿弥陀仏像↓升屋当左衛門　五十貫文　売り渡し
一、天目台《てんもくだい》。
一、雪村の掛け軸。
一、胡銅の花入。

乱蝶の身体は震えた。
父が持っていた十三点の名物のすべてが修伊の手に渡っていたのだ。
しかも修伊はその多くを禅示坊に譲り渡していたようだ。
——ついに見つけた。修伊と禅示坊は関わりがあった。
だが、訝しく思った。
——修伊はなぜ、禅示坊にこれだけの名物を譲ったのか？
高貴な出自である修伊が叡山でも下層の禅示坊に譲り渡す理由がわからない。

ふいに気づいた。

記された〝ゆすり渡し〟は〝譲り渡し〟ではなく〝強請られ渡し〟か。修伊は禅示坊に何らかの弱みを握られたので名物を強請り取られたのかもしれない。

名物のいくつかは禅示坊の手を経て七人に配られている。

若狭の治郎、円明坊賢慶、亀山法常、八上の乗昇、杉生坊、今戸佐助、そして今は亡き升屋当左衛門の名があり、修徳七人衆と書かれている。

乱蝶は懐に入れてきた書き付けをどうするか迷ったが、修伊が禅示坊と関わりがあると知れた今、置き残すべきだと思った。

『修徳衆殿　　穢れし銭の一分をいただきます　　比叡の風』

いつもとは少し意味合いは異なるが、事前に書いた紙を床の上に落とした。

――父の形見をすべて奪い返す。

修徳七人衆それぞれの屋敷に忍び込み、必ず盗み出してみせると決意した。

いずれにせよ、修伊が小まめに書き残してくれていたことは幸いだった。

目録には天目台、雪村の掛け軸、胡銅の花入が修伊の手元にあると記されている。そのうちの二点はたった今、奪い返した。この屋敷のどこかに天目台があるはずだ。

なんとしても盗み出したい。熱い血を滾（たぎ）らせたが、その時、廊下をやってくる人の気配がした。

これ以上、屋敷に留まるのは危ない。

乱蝶は後ろ髪を引かれる思いをしつつ納戸から去った。

二

屋敷から庭に出ると、雪はなおも激しく降りしきっている。

石灯籠のそばには誰もいない。それを確かめ、植え込みに眼を移すと、猿ぐつわを噛ませた警護の男二人が意識を取り戻して転げ回っていた。やがては誰かが見つけるに違いないが、早朝まで見つけられずにこのままでいたら、凍え死んでしまう。

乱蝶は足を縛った縄を少しだけ緩めてやり、雪の庭を戻り走った。

相変わらず、土塁の近くには焚き火を囲んで暖を取る警護の男たち数人がいる。気づかれないようにしながら先程の杉の木によじ登った。固定した鉤を幹から外し、水堀の向こうに人がいないのを確かめ、鉤縄にぶら下がって一気に跳んだ。

水堀を越えて飛び渡り、大銀杏の樹の近くに着地した後、幹に括《くく》りつけた鉤を外して懐に納め、坂本の港をめざして走った。

降る雪が覆面をした顔に斜めから当たって心地よい。熱く昂《たかぶ》った心を牡丹雪《ぼたんゆき》が冷やしてくれるかのようだ。

坂を下ると、夜の闇の中、紺青に広がる湖が眼下に開け、小波が雪に混じって銀色の模様を描いている。

誰にも気づかれずに盗みを働き、父の名物二品と新たな秘密を手に入れ、少しばかり爽快感に酔いしれていた。

直後、ひたひたと追ってくる者の気配を感じた。

振り向くと、忍び装束が追ってくる。

ここは相対するしかないと覚悟を決め、立ち止まると、相手も身構えた。

「比叡の颪。やめるなら今のうちだ！　前にそう忠告したはず」

相手はくぐもった声で言った。一月前の夜、闇から聞こえてきた声と同じだ。

「なぜ後をつける」

乱蝶は懐に忍ばせた小剣を摑んだ。

この時、乱蝶は不思議な感触を得た。相手の身のこなしに男の無骨さが感じられないのだ。むしろ甘酸っぱい香りを撒《ま》き散らしているかのようだ。

——女だ。

咄嗟に悟り、地を蹴って相手に向かって走った。

だが、その直後、乱蝶の前に大男が立ちふさがった。左頬に傷のある鋭い眼光の男だ。太い棍棒《こんぼう》を持って身構えている。行く手を阻《はば》まれ、乱蝶は一瞬、動きを止めた。

途端、数人の男たちがばらばらと繁みの中から現れた。

男たちは皆、厳つい格好をしている。鎖帷子《くさりかたびら》を身につけ、鎖小手《ごて》を嵌《は》めた者。袈裟《けさ》を着た僧兵姿の者。忍び装束の者。破れた衣を羽織っている者。誰もが異様なバサラ姿であり、一癖も二癖もある風体だ。

五人の風貌は厳つい。顔に深い傷を負った者。飢《う》えた獣の眼をした者。真冬なのに赤銅色の肩肌を露わにしている者。右目に革の眼帯を嵌めている者もいる。

左腕に手甲鉤を嵌め、太い棍棒を持った大男が不敵な笑みを浮かべた。

殺意の気を漂わせた巨体の男は首領格と思えた。左頬の傷を手で撫で回している。

「小わっぱ、俺たち閻魔の眼に見つかったら生きては帰れねえぞ」

首領格の男は忍び装束の乱蝶を見て小柄な少年と勘違いしたようだ。

乱蝶はたじろいだ。闇の世界を暗躍する〝閻魔の眼〟の名を聞いたことがある。

「地獄に落ちろ」

僧兵姿の男が太い薙刀《なぎなた》を振りかざして迫ってきた。

乱蝶は咄嗟に身体を捻って避けた。

「比叡の風、自ら選んだ道、今更、悔いても遅いと思え」

忍び装束の女は乱蝶に向かって冷たく言い放ち、降りしきる雪の闇を走り去った。

修伊の館に忍び込む前から後をつけ、乱蝶が出てくる機を見計らってこの荒くれ男たちを導いたに違いない。乱蝶は自らの迂闊さを悔いた。

「痛い目を見たくなければ、逆らうな」

首領格の男が唇をゆがませて笑った。

「ふっ、素直ではなさそうだな。ならば、こうしてやる！」

首領格が手甲鉤《てっこうかぎ》を突き出した。シャッと不気味な音を発し、長く鋭い鉄の爪が乱蝶の顔をめがけて振り下ろされた。四本の長い鉄爪が喉元に襲いかかってくる。

喉を掻き切られれば即死だ。

乱蝶は後ろ宙返りして避けたが、着地にしくじって転んだ。

直後、足首に激痛が走った。足を捩《ね》じったようで立ち上がることが出来ない。

「しぶとい奴だ」

首領格が棍棒を振り上げてにじり寄ってくる。他の男たちも囲みを狭めてくる。

逃げる術はなく絶体絶命だと感じた。

その時、雪風を突いてヒュッと礫《つぶて》が飛び、首領格の腕に当たった。

首領格はわずかに怯み、石が飛んできた方を見た。

乱蝶も振り返った。

すると、降りしきる雪を突いて数人の侍が坂下から走り来るのが見えた。

先頭を走る若侍は疾風《はやて》のように速く、瞬《また》く間に乱蝶たちの近くに辿り着いた。

「なんだ、てめえは？」

首領格が吠えた。

「某《それがし》は織田家の与力、堅田の猪飼野甚太郎《いかいのじんたろう》だ」

若侍は毅然と言い放ち、忍び装束の乱蝶をちらりと見た。

「なにゆえかはわからぬが、相手は一人。狼藉を見過ごすわけにはいかぬ」

甚太郎と名乗った若侍は不敵な面構えをしている。顔から首、さらに胸元にかけて肌が醜く焼け爛《ただ》れ、闇と吹雪の中で、それが一段と凄味を利かせている。

「甚太郎、こやつらは何だ？」

後から走り来た数人の侍の中の一人が訊くと、

「わからぬ。風体から察するに夜盗、あるいは無頼の輩と思われる」

若侍が応えた。

「退《ど》け！　邪魔しやがると、死ぬぞ」

首領格が吠えると、僧兵姿は薙刀を振り上げ、鎖帷子の男は長槍を身構え、忍び装束は鎖鎌付きの分銅をぶんぶんと振り回し、若侍たちを取り囲んだ。

甚太郎は五人の無頼漢を見回し、首領格の男を睨み付けた。

「お主、名は？」

「修羅鬼！」

首領格の男が太々しく応える。

「修羅鬼だと、戯けた名だ」

甚太郎が笑みを洩らす。と、同時に侍たちが一斉に剣を抜き放った。

乱蝶は息を呑んでことの成り行きを見守った。

甚太郎は剣を抜かず、腰に据えたまま微動だにしない。

相当の剣の使い手だと乱蝶は悟った。

無頼漢五人と侍七人は風で乱れる牡丹雪を浴びたまま対峙《たいじ》した。

次の瞬間、僧兵姿が動いた。薙刀をビュッと横振りして甚太郎に襲いかかった。刹《せつ》那《な》、甚太郎は少しだけ腰をかがめ、一歩踏み出した。一瞬、二人の身体が交錯する。と、見る間、甚太郎は居合抜きで僧兵姿を斬った。もんどり打って倒れた僧兵姿の腹からバッと血が迸《ほとばし》り、降り積もった雪を赤く染めた。だが、僧兵姿は再び、むっくりと起き上がった。それを機に激しい斬り合いが巻き起こった。

侍の一人が何事か喚きながら修羅鬼に剣を突き出した。だが、修羅鬼の棍棒で剣が叩き割られる。「ヒェッ！」と、驚愕の声を発して侍は退いた。

「一人残らずぶっ殺してやる」

修羅鬼はぶんぶんと棍棒を振り回しながら侍たちに襲いかかった。

侍たちの腹や胸や腰を叩く不気味な音が響きわたり、あっと言う間もなく、ある者は膝から崩れ、ある者は雪に埋もれるかのようにドサリと倒れた。

乱蝶は無頼漢たちの凄さを肌で感じた。

侍の一人は長槍を突く鎖帷子に苦戦し、一人は忍び装束の分銅鎖に剣を巻かれてたじたじとなり、一人は破れ衣の長剣と懸命に渡り合っている。

鎖帷子に苦戦した侍が長槍で脚を突かれ、雪道に倒れた。

止《とど》めを刺そうと、鎖帷子は侍の胸を突こうとする。刹那、甚太郎が突進し、剣をうならせて鎖帷子の長槍を払い、胴を鋭く斬り抜いた。

「ギャッ！」と、叫んで鎖帷子がよろけた。真っ赤な鮮血が散ったが、帷子の鎖が幸いしたのか、傷は浅いようだ。鎖帷子はすぐに体勢を立て直した。

それを見た修羅鬼が甚太郎に躍りかかった。赤く燃えるような凄まじい眼で睨み付け、獣のような唸りを発して棍棒を振る。

甚太郎は襲いかかる棍棒を避け、逆に突きを入れる。

だが、修羅鬼は手甲鉤で甚太郎の剣を払いあげ、右手で棍棒を振り下ろした。

甚太郎の肩に棍棒が迫った。次の瞬間、甚太郎の身体がふわりと横に流れ、打撃をかわした。修羅鬼の棍棒が空を泳ぎ、勢い余ってズボッと雪地に突き刺さる。

「ゲドウッ！」

修羅鬼はわけのわからぬ叫びを発した。同時に甚太郎の喉元を掻っ切ろうと手甲鉤を鋭く振りながら棍棒を引き抜いた。直後、二人の裂帛《れっぱく》の気合が起こった。

修羅鬼の手甲鉤が甚太郎の喉元を切り裂こうと虚空を走る。

甚太郎は身体を捻って喉元に迫った手甲鉤をすり抜けると、剣を正眼に構えた。

再び、甚太郎と修羅鬼は息を乱しながら激しく降る夜の雪の中で相対した。

その時、坂下から大勢の侍たちが駆けてくるのが見えた。十数人ほどいる。中には鉄炮を携えている者もいた。

「お頭、鉄炮隊だ。この場は！」

太刀打ちできないと思ったのか鎖帷子が声を掛けたが、

「この雪だ。鉄炮を撃てやしねえ。俺が皆殺しにしてやるわ」

と、修羅鬼は息巻いた。だが、鎖帷子と忍び装束に両脇から組み止められた。

「ええい、放せ。腰抜けめ。放せ！」

修羅鬼は喚いたが、無頼の男たちに引っ張られていく。

甚太郎と侍たちは追おうとした。

刹那、目の前にシュルルル～ッと火の玉が走った。

夜の雪空を切り裂くように幾条もの細い光が乱れ飛んでいる。

何事が起きたのかと、甚太郎や侍たちがたじろいだ。

直後、橙色《だいだいいろ》の花火が炸裂した。丸い大きな輪を描いて火の粉が空を彩り、ド～ン！　ド～ン！　ド～ン！　と大きな音が静寂を裂くように鳴り響いた。

乱蝶は一月前の夜、繁みから打ち上げられた花火を思い出し、火薬を扱ったのは、先程の忍び装束の女だと察した。

その間に修羅鬼たちは逃げ去って行った。

侍の数人が傷を負って雪の中で呻いている。しかし、死んだ者はいないようだ。

乱蝶はホッと吐息をついた。

「猪飼野殿、何があった？」

後から駆けつけた侍たちが甚太郎に問いかけている。

「夜盗の群れが辺りをうろついておった。傷を負った者の手当をしていただきたい」

甚太郎は同朋と思われる侍たちに告げ、乱蝶を見た。

「女、この辺りは女人禁制の地。いずれの者だ？　本願寺、あるいは浅井、朝倉の細《さい》作《さく》か」

甚太郎が澄んだ黒曜色の眼をきらりと光らせる。

――女と見抜かれた。

乱蝶は動揺したが、足首の激痛に耐えながら立ち上がって逆に問いかけた。

「なぜ織田に従うのです。堅田侍の誇りを忘れたのですか」

「なに？」

予測していなかったのだろう、ふいの問いかけに甚太郎は戸惑ったようだ。

「猪飼野家は気骨ある堅田の豪族と聞き及んでおります。昔より堅田侍はよそ者に靡《なび》かぬはずです。猪飼野家はとりわけ剛の者として知れ渡っています。それにも拘わらず織田家に従うとは、いかなる考えなのですか？」

甚太郎は苦笑し、少しばかり顔をゆがめた。

「今は乱れた世。いかに孤高を守ろうとも一介の土豪はしょせん潰される。我ら堅田衆も同じだ。いずれかの力ある武将に与《くみ》せざるを得ない」

「弱気なことを」

「黙れ。侍の立つ瀬を知らぬ者には……この苦渋はわかるまい」

甚太郎は一拍置いて、やや屈辱的につぶやいた。

黒曜色の眼をした甚太郎は精悍《せいかん》な若侍である。歳は二十四、五か。どこかしら死んだ兄に似ているような気がした。生きていたら兄は二十二歳になるはずだ。

「女、おぬしは某の問いに応えておらぬぞ。いずれの手の者だ？」

「織田に敵対する本願寺、浅井、朝倉の者ではありませぬ。ただの盗っ人です」

「偸盗師《ちゆうとうし》だと？　女だてらに……」

「危ういところを助けていただき、ありがとうございました」

礼を述べながら乱蝶は梢《こずえ》に向けて鉤縄を投げた。鉤が高い樹の太い枝に絡みつく。樹に積もった雪がバサッと落ちた。直後、乱蝶は高く舞い上がった。

——閻魔の眼、修羅鬼、謎の忍びの女たちが修徳衆と関わりがあるならば……。

乱蝶は自らが危険の淵にいることを改めて知った。

一人で修徳衆に挑むのは無謀だ。自らの力を過信すべきではない。連中は〝比叡の風〟が誰であるかをやがては割り出すに違いない。

正体がわかってしまったら、いつ殺《や》られるとも限らない。

しかし、後戻りは出来ない。

乱れ降る雪の中、樹から樹へ飛び移りながら乱蝶は自嘲気味に肩をすくめた。

三

「賊に逃げられただと?」

禅示坊が鋭い声をあげると、修羅鬼は恥辱に堪えがたいような顔で応えた。

「比叡の風は小わっぱだった」

「修羅鬼、お前ともあろう者がどじを踏んだな」

「とんでもねえ邪魔が入った。堅田の痩せ侍たちだ。織田方についた猪飼野とか名乗る若造がいやがった。俺は相手が何人だろうとぶっ殺してやるつもりでいたんだ」

修羅鬼は憮然《ぶぜん》たる表情で言った。

「曲者《くせもの》はなぜ、修伊の館に忍び込んだのか? 何を盗まれたのか?」

禅示坊はわだかまりを抱いて独りごちた。

心の隅に気がかりな黒い翳《かげ》が下りてくる。

「くそっ、必ず比叡の颪の正体を暴いてやる」

修羅鬼は禅示坊の思いなど知らないかのように息巻いている。

「手だてはあるのか？」

「螢火《ほたるび》に後をつけさせたが、四条あたりで見失った」

「螢火？」

「俺が雇った女だ。火薬の扱いに秀でた奴だ」

「信じるに足る者なのか？」

「ふっ、裏切ったら生かしちゃおかねえ」

修羅鬼とこれ以上話しても無駄だと、禅示坊は諦めた。

「比叡の颪を必ず見つけ出してぶっ殺す」

修羅鬼は何度も吐き捨てるように言いながら去って行った。

一方、禅示坊の胸の底に沈んでいたものは、もっと別な怒りであり、言葉にはあらわせない不透明なものだった。

見上げると、空は鈍い灰色の雲に覆われている。昨夜の大雪が嘘のように、冬の薄陽が柔らかく射している。白一色に染まった雪景色を眺めながら禅示坊は大きな溜め息を吐いた。苛立《いらだ》ちが心の底で蠢《うごめ》いている。

幼い頃より犬神人の子と蔑まれ、飢えを凌ぎ、屈辱の日々を過ごし、今の地位を築くまでに幾多もの汗を流してきた。

——ひとつの生命を宿し、同じ赤い血をもつのに、なぜ蔑みを受けるのか？

若かりし頃の禅示坊は納得がいかずに憤りを感じたものだ。

だが、ある時、気づいた。

世を動かすものはひとつしかない。それは銭だ。莫大《ばくだい》な銭があれば人は靡《なび》く。朝廷だろうと公卿だろうと武将だろうと同じだ。銭は貴賤《きせん》に関わりなく権力を与えてくれる。しかも銭はおのれを騙しもしないし、裏切りもしない。

——銭がすべてだ。銭を儲ける。それを俺の生き甲斐とする。

そう確信した禅示坊は、比叡山の最下層の山徒となり、接する相手すべてに笑顔を振りまき、人の機嫌を取る方便を身につけた。そして坂本や堅田で手広く商いをする高梨慈順に近づいた。慈順は貴賤に関わりなく人と接してくれる有徳人だった。

やがて禅示坊は慈順の許で働きはじめた。

一度だけ慈順から〝お前は追従笑いが多い。真義を実とする人はな、必ずや嘘の笑みを見抜くもの。表向きだけの笑みはやめた方がよい〟と、諭《さと》されたことがある。

この時、禅示坊は慈順を凄い男だと感じた。並の人間は媚《こび》の笑みに気づかないものだが、見事に言い当てられてしまったからだ。

通常ならば、ここで慈順に尊敬の念を抱くところだが、禅示坊は違った。

――いつかこいつを出し抜いてやる。

親しげに接しつつ慈順を貶め、代わりに自らがのし上がる手だてを考え続けた。

そんな折りに修伊と出会った。修伊は格式の高い公家の三男坊である。励めば高い位の僧にもなれる境遇であったが、勉学が嫌いだった。だが、商才に長け、ずるがしこい一面を持っている。この男は利用できると察して近寄った。

調べると、修伊は高貴な立場をいいことに、賭博《とばく》や高利貸しなど不正な銭儲けの元締めになって叡山の宗教区域を取り仕切っていた。

禅示坊は内部告発をして不正をすっぱ抜き、修伊を窮地に陥らせた。そうしながら策を弄し、罪を他の者に擦《なす》りつけて修伊を救ってやったのだ。

その後、修伊は禅示坊の言いなりになった。

「衆主さま、よろしいでしょうか？」

廊下から小坊主の声がした。

耽《ふけ》っていた物思いが中断され、禅示坊は不機嫌に訊いた。

「なに用だ？」

「修伊殿がお出でになり、お目通り願いたいと仰せられております」

愚かな修伊のことを心に描いていた矢先である。

――修伊の奴、ここには来るなと、あれほど厳しく命じておったのに……。

苛々を募らせていると、

「禅示坊殿、ご無沙汰いたしております」

紛れもない修伊の愚鈍そうな声が障子の向こうから聞こえてきた。

「御坊、ようお越しなされた。ささ、お入りくだされ」

声をかけると、障子を自らの手で開け、修伊が廊下から姿を現した。

「つつがなくお暮らしのご様子、なによりです」

公家育ちの色白な顔で笑っている。

「御坊こそ、お健やかなお顔だち、久方ぶりに拝謁し、喜ばしいかぎりです。こちらへわざわざのお越し、ご用向きは？」

禅示坊は厭味《いやみ》を含みつつ訊いた。

「すでにご承知のとおり、近頃、江南一帯は織田信長の支配下に置かれました」

わかりきったことを言う修伊に禅示坊は腹立たしさを覚える。

今を遡《さかのぼ》るおよそ三十五年前の天文《てんもん》五年（一五三六）、六角定頼《さだより》が守護の時代に、比叡の門徒が日蓮《にちれん》衆退治を行なった。その功により山門は六角氏に所領を保障された。

ところが六角氏が織田家に敗れ、近江国守護の地位を追われると、山門が得ていた所領の多くが信長に剝奪《はくだつ》されたのだ。

「で、ご用件は？」

聞くまでもない。修伊が何を言いたいのかわかっている。

「あれは確か永禄三年のことでおじゃりましたなあ」

修伊は遠い昔を思い出すかのようにつぶやいた。

「高梨慈順が罪人になりもうしたのは……以来、拙僧は十年ほど坂本、雄琴《おごと》、堅田で手広く商いをしてまいりました。が、近頃、思うようになりませぬ。実入りが極端に少のうなってしもうた。関銭や商人たちから取る税が織田家に横取りされておじゃる。毎月、修徳衆に莫大な銭を納めなければならぬのは拙僧とて身が持たん」

――ふざけるな。

禅示坊は胸の内で唾棄《だき》しつつも穏やかな口調で言った。

「高梨慈順が殺人放火の罪で罰せられた後、坂本、堅田辺《あた》りの仕事を御坊にお任せするよう叡山に働きかけたのは誰でしたかな。よもやお忘れになったわけでは？」

「じゃが、貴殿には高梨の資産と名物の多くを取り上げられた」

修伊は検断得分で高梨慈順の財産の多くを得た。それを渡すという条件で禅示坊は高梨慈順の仕事を引き継ぐ手筈を取ってやったのだ。修伊にとって悪い取引ではなかったはずだ。

――身勝手なことを言うな。私の苦労も知らずに……。

あの頃、禅示坊は極貧に喘ぎながら血反吐《へど》を吐くような努力をした。

修伊から得た銭をすべて注ぎ込み、運搬業を営んだ。運んだ米を蔵に入れて蓄え、座を組んだ仲間たちと米の売り出しを意図的に止めた。そうして価格を吊り上げ、高くなった時に蔵から出し、売りさばいて儲けた。

値が上がれば、米を洛中に運搬して生計を立てる馬借に決定的な打撃を与える。怒りを抱いた馬借は一揆を起こして京都市中の有力な土倉を襲撃した。禅示坊の蔵も襲われかかった。だが、禅示坊は乱暴者の馬借たちを巧みに取り込み、修徳衆に与しない土倉だけを襲わせるよう仕向けるという裏技をやってのけた。

――今あるのはすべておのれの才覚だ。

禅示坊はそう自負している。

「禅示坊殿、お頼みもうす。せめて修徳衆への奉納額を今までの三割から二割に減らしていただきたい。この通り」

　いきなり修伊が床に両手をついた。

「御坊、お手をお上げください。衆の皆に諮《はか》ってみましょう」

「諮るですと？　貴殿は衆主でおじゃる。命ずれば衆の皆は同意するはずでは？」

「今や修徳衆は大きな組織になりもうした。私一人では決められないのですよ」

　ふいに修伊は口を噤《つぐ》んだ。それからずるがしこい眼で禅示坊を見やり、

「十年前の事件、誰が仕組んだのか、拙僧が気づかないとでも？」

　と、小声で囁《ささや》いた。

「ほれ、高梨慈順が高僧の蓮融さまを殺した事件でおじゃるよ。慈順を殺しの下手人にしたてあげるため、役人の奥山伸之進を多額の銭でそそのかした」

「はて、なんのことですかな？」

「事件後に殺され、鴨川に浮かんだ者のことでおじゃるよ。口封じのために……」

　相変わらず嫌な奴だと思ったが、禅示坊は惚《とぼ》け続けた。

「高梨は検断で殺人放火犯と決まったのだ。昔の話を蒸し返さないでいただきたい」

　すると修伊は探るような眼で禅示坊を見た。

「では、今の話をしましょう。修徳衆に与すれば銭儲けが出来る。そのように触れ回

り、嫌がる商人を無理矢理、誘っているご様子。洩れ聞いておりまするが」

怒りが募ったが、禅示坊は穏やかな声で言った。

「世の中には妬《ねた》みを抱き、悪しき噂を立てる者がおる。困ったものです」

「ですが、妬みを持った者が修徳衆の洗いざらいを京都所司に〝かくかくしかじかです〟と訴え出るやもしれませぬな」

修伊の眼が嗤《わら》っている。

――こいつ、脅しているつもりなのか？

禅示坊は怯《ひる》まなかった。

「私たち仏道に帰依する者は武家の威勢に屈するなどありませぬ。武家と武家の争いにも関わりを持ちませぬ。今、織田信長が天下を治めんと躍起になっておりますが、いつかは滅びの道を辿るでしょう。民を支配するのはたやすい。しかしながら、統《す》べ治めるのは難しい。ならず者によって誹謗《ひぼう》、中傷を足利義昭様の所司か、織田信長に訴えられても修徳衆はびくとも致しません。我ら修徳衆は武威《ぶい》に従うつもりはない。堺商人のように武将になびいて豪商になる者もいます。ですが、私たちは違う。御用商人になるのはまっぴら御免です」

政権がどう代わろうと、修徳衆は闇社会を支配する。

それを豪語したい気分だった。

「〝窮鼠《きゆうそ》、猫を嚙む〟のたとえもございます。禅示坊殿、ご用心なされよ」

修伊は立ち上がって乱暴に障子戸を開けた。

「御坊、ひとつだけお訊きしたい」

禅示坊が鋭い声を発すると、修伊は何事かとたじろいで振り向いた。

「昨夜、比叡の凪に何を盗まれたのですかな。蓄えた莫大な銭ですか？」

「拙僧には蓄えた銭などない……雪村の掛け軸と胡銅の花入でおじゃる」

禅示坊は絶句した。またしても高梨慈順に関わる品が盗まれたのだ。

「御坊、今は互いに耐え忍ぶ時節と思われます。いずれにせよ、前より申し上げておりますが、ここには来ていただきたくないですな」

出て行く修伊の背に向かって禅示坊は釘を刺した。

——このまま修伊を放って置いたら危ない。閻魔の眼に監視させねばならない。

禅示坊は齢《よわい》四十を過ぎたが、妻もいなければ子もつくらない。

信じられるのはおのれだけだ。

血を分けた弟にも愛着はない。修羅鬼は使い勝手のよい殺し屋にすぎない。

——俺はおのれの力で裏天下を支配する。織田信長が〝天下布武《てんかふぶ》〟を掲げるなら俺は〝天下布銭〟を掲げてやる。

禅示坊にとって銭はあくまでも道具にすぎない。心を覆っているのは支配欲だ。朝廷も武家も商人も、すべての民を銭の力で屈伏させる。それが何よりもの夢だった。

今、気がかりは比叡の風だ。一刻も早く正体を暴かなくてはならない。修羅鬼の話によれば四条あたりで見失ったという。四条近辺に住む者を徹底的に洗い、閻魔の眼を総動員して見つけ出してみせる。たかが小わっぱ一人といえども侮《あなど》ってはいけない。

禅示坊は自戒するかのようにそれを心に刻みつけ、不敵に笑った。

四

乱蝶は続けざまに三軒の屋敷に忍び込んだ。

前には当てずっぽうに修徳衆に与する商人の屋敷を狙ったが、今は違う。修徳七人衆という的《まと》が明確にある。初めて盗みに入った今戸佐助。五軒目に入った升屋当左衛門が七人衆に名を連ねていたのは偶然であり、驚きだった。

これは亡き父母の導きとしか思えない。

祇園社の近くにある円明坊賢慶の屋敷の蔵からは青磁の花入。一条戻り橋《いちじょうもど》に豪邸を構える亀山法常の床の間からは菱の盆香箱。三条通りと大宮《おおみや》通りが交錯する北に神《しん》泉苑《せんえん》があり、向かいに住む杉生坊の庵からは肩衝の茶入。この三点を次々と盗んだ。

三つの名物は紛れもなく父の愛蔵品だった。

季節の折々に梅、桃、椿、萩、りんどうの花の一輪を母と一緒に青磁の花入に活けた麗しき日々がよみがえる。菱の盆香箱や肩衝の茶入も飾って置くだけではなく、祝い事がある度に家族みんなで香を聞いて楽しんだり、茶をいただいて和《なご》んだりした。すべてが思い出の品々だ。

〝比叡の風〟と書いた文は残さなかった。もはや用を足したと思ったからだ。

初めに修伊が得た十三品のうち、白天目、木彫阿弥陀仏像、胡銅の花入、雪村の掛け軸、青磁の花入、菱の盆香箱、肩衝の茶入の七点は手元に回収した。

残るは六点である。

一、千鳥の香炉は若狭の治郎。

一、小茄子の茶入は八上の乗昇。

一、唐茶碗は今は亡き升屋当左衛門の所蔵だと修伊の目録に書かれていた。

木彫の阿弥陀仏像は盗んだものの、まさか同じ屋敷に唐茶碗があるとは思っていなかった。

一、天目台は修伊。

後の二品、虚堂智愚の墨跡と霰釜《あられ》は禅示坊が所蔵している。

禅示坊が住む修徳院にはたやすく侵入できない。次に盗むのは唐茶碗と決めた。

升屋当左衛門の屋敷には前に忍び込んで造りはわかっている。修徳衆の者は賊が同じ所に繰り返し侵入するとは思わないだろう。その裏を突くのがよいと考えた。

一家は何者かによって皆殺しにあった。その後、家屋敷がどうなっているのか、わからない。それを確かめてみたいとも思った。

年の瀬が押し詰まり、町内では新年を迎える仕度を始めている。

早くも町のあちこちから餅つきの音が聞こえてくる。

四条通りを行き交う人々はいつもより忙しげだ。

薪や正月飾りを振り売りする人。冬野菜や正月の料理に欠かせない鰤《ぶり》などの魚を売る人。目籠に入れた山鳥を売る人の声が聞こえてくる。

天秤棒《てんびん》で二つの曲物桶を担いだ酒売りの姿も頻繁に見られるようになった。

まもなく元亀元年は終わろうとしている。

――今年中に後ひとつ父の形見を手に入れたい。

乱蝶は次の盗みの決行日を大晦日《おおみそか》と決めた。

数日の間、市井の女人と同じように暮らし、四条通りの店や振り売り商人から野菜や昆布や魚などを買い求め、おせちを少しずつ作り始めた。

大晦日の昼過ぎ、堀川通り近くに住む妹の秘草が訪ねてきた。

秘草は大舎人《おおとねり》町にある織物問屋で働いている。ここの主人は秘草がからくり細工をすることに好意的であった。しかも嫡男は秘草に思いを寄せてくれているようだ。いずれ妹は大店《おおだな》の織物問屋へ嫁ぐに違いない。

なずな豆腐、とろろ蒸し、煮やっこ、蛤《はまぐり》の酒煮、大根のふろ吹きなどを二人で作り、神棚に榊《さかき》を飾ったりして時を過ごした。

秘草には秘草の生き方があり、彼女なりの幸せを掴んでくれればよいのだ。

正月を織物問屋で過ごすよう告げると、

「いいえ、姉さまと一緒にお正月を過ごしたい」

と、秘草は初めのうちは拒んだ。だが、恋する男を思い浮かべたのだろう、次第に落ち着かないさまを見せ始め、乱蝶がもう一押しすると、ついに応じた。

日が暮れて秘草が帰る際、乱蝶は出来上がった料理の多くを持たせた。

織物問屋の人たちに喜んでもらえれば幸いである。

別れを惜しむ秘草を見送った後、乱蝶は外出の仕度を始めた。


大晦日は人出が多くなる。忍び装束では却《かえ》って目立ってしまう。それで坊主とも振り売り商人とも見紛うように、布で顔を隠し、上着は袖ぬきにして巻きつけ、小袖に指貫《さしぬき》姿、草鞋を履いて身支度を整えた。

――すべての名物を取り返します。父さま、母さま、兄さま、お護りください。

神棚に祈った後、庭の物置小屋に入り、秘密の抜け穴を通って近くの繁みに出た。

さりげなく雑踏に紛れる。気づいた者は誰もいないようだ。それを確かめ、人々が行き来する四条通りを東に進み、祇園社に向かった。

大晦日には多くの人々がさまざまな寺社へお参りに行く。

祇園社にも大勢の人が〝おけら参り〟に来ていた。

元旦の夜明け前から行なわれるおけら祭《さい》の神事に集まった人々だ。

おけら祭は古くから祇園削掛神事《ぎおんけずりかけのしんじ》と呼ばれている。

削掛の木を燃やし、新たな年の五穀豊凶《ごこくほうきょう》を占うのだ。

四日ほど前に行なわれた鑽火式《さんかしき》で鑽《き》り出した御神火が本殿内のおけら灯籠で焚かれ

ている。おけら火は一年間、本殿で灯し続けられることになっている。

それを脇目に見ながら北に進み、小川を越えて大津路へ出た。それを左に折れ、鴨川を渡って三条通りを進めば升屋当左衛門の屋敷跡がある。

敵は比叡の風が修徳七人衆の館を狙っていることをすでに感づいているはずだ。

続けざまに入った円明坊賢慶、亀山法常、杉生坊の屋敷の警護は固かった。

これからはさらに強固な警備が為され、困難な状況となるに違いない。

だが、すり抜けて盗みを続けるしかないのだ。

三条通りを進み、めざす屋敷に近づいた時、邸内から騒ぎ声が聞こえてきた。

途端、忍び装束の者が檜皮《ひわだ》葺《ぶ》きの塀屋根から飛び下りて来た。

――あの女だ。

乱蝶は咄嗟に身を引き締めた。

忍び女は坊主とも振り売り商人とも判別できない乱蝶の姿を気にとめなかったらしい。三条通りを西に走っていく。直後、木戸門から荒くれ男たちが飛び出してきた。

「賊はこっちから逃げたぞ」「手分けして探せ」「比叡の風に違《ちげ》えねえ。捕らえろ」

口々に叫びながら左右に散っていく。

乱蝶はその声を背で聞きながら忍び女の後をつけた。

夜更けとはいえ、大晦日の通りは人々が途切れることなく行き交っている。

——今は亡き当左衛門の屋敷になぜ、忍び込んだのか？

三条通りから油小路《あぶらのこうじ》を右に曲がった忍び女の後を追う。

さすがにこの辺りの人通りは少ない。

乱蝶は両脇の垣根や土蔵の陰に身を隠しつつ追い続けた。

やがて人の行き来がなくなり、姉小路《あねやこうじ》を越して半里ほどの妙顕寺《みようけん》に差しかかった時、ふいに忍び女が立ち止まって振り向いた。

「もはや隠れ追っても無駄だ。姿を現せ」

忍び女は人がいなくなった所で向き合おうと思っていたに違いない。

乱蝶が塀の陰から姿を現すと、

「やはりおぬしだったか」

低い声で冷たく言った。

覆面の中の顔が笑ったような気がする。

夜の闇が辺りを包んでいたが、かすかな月明かりが忍び女を照らした。

「升屋当左衛門の屋敷で何をしていた？」

乱蝶は懐に忍ばせた小剣の柄を握りながら訊いた。

「おぬしには関わりない」

忍び女は小刀を抜いた。刃先が月明かりに鈍く光っている。

「屋敷の警護兵に追われていたように思えたが」

「ふっ、おぬしのように盗みに入ったわけではない」

「修徳衆と閻魔の眼はどのような関わりがある？」

「無用な詮索をするな。命はないぞ」

忍び女がダッと突進してきた。刃先が鋭く迫る。

「当左衛門は修徳七人衆の一人だった。殺したのは誰だ？」

乱蝶はひらりと身を翻して相手の突きを避けながら問いかけた。

直後、幾つかの黒い粒が地に叩きつけられ、バンバンバン！　と、火玉が破裂した。

乱蝶はすばやく後方に跳んで破裂玉をかわす。

「なぜ、閻魔の眼のために働く？」

なにを訊こうと、相手は応えない。

「比叡の風、正体はわかっている。おぬしは修徳衆に恨みを持っているのだな」

逆に訊き返された。

「あの館に入っても無駄だ。唐茶碗はすでにない」

いきなり核心を突かれて乱蝶は戸惑った。

「驚いたようだな。唐茶碗はすでに愛宕徳三郎という男に渡されている」

覆面の眼が笑いながらジリッと詰め寄ってくる。

乱蝶は思わず身構えた小剣を強く握りしめた。

——愛宕徳三郎？

乱蝶はその名を心に刻みつけた。だが、一方で嘘ではないかと疑った。愛宕徳三郎という男の屋敷に誘い出そうとする罠かもしれない。

「おぬしはただの盗っ人ではない。高梨慈順が持っていた名物だけを狙っている」

何もかも見透かされていると知り、乱蝶の背筋はゾクリと震えた。

「知っているぞ。十年ほど前、高梨慈順は比叡の僧侶を殺した。その咎で死罪となった。財産も家宝の名物も没収された。その名物をおぬしは盗んでいる。慈順にはひとりの嫡男と二人の娘がいた。おぬしは娘の一人だな」

ズバリと言い当てられ、乱蝶は動揺した。

——なぜ、この女は多くを知っている？

身体が強張っていく。

「図星だな」

せせら笑った刹那、忍び女は妙顕寺の土塀越しに走った。動きが速い。すかさず乱蝶は追った。だが、忍び女は乱蝶に向けて続けざまに火薬玉を投じた。行く手を塞ぐように火玉が足元で次々と破裂する。乱蝶はたじろぎながら叫んだ。

「なぜ、閻魔の眼に加担する」

忍び女は遠ざかりながら応えた。

「ひとつだけ教えてやろう。当左衛門は修徳衆を裏切ったのだ」

と、声を残し、夜の闇に溶け込むように消えてしまった。

相手に比叡の風が高梨慈順の娘であることを見抜かれた。

一方、乱蝶は相手の素性がまるでわかっていない。

直後、嘲笑うかのようにドーン！　と、花火が打ち上がった。

乱蝶はチリチリと燃える火の粉を見上げながら唇を噛みしめ、敗北感を抱いた。

その時、どこからか鐘の音が聞こえてきた。一切の妄執を消し去る除夜の鐘だ。

ゴーン、ゴーン、ゴーンと腹に染み渡るような音が荘厳に響きわたる。

煩悩を除くために百八つの鐘をつくと言われているが、乱蝶は悟りの境地に至るなど到底できそうもないと感じた。

〝盗みは人の道に反するものである。他人を憎む心はおのれ自身を貶《おとし》めることになる。人はな、阿鹿、赦《ゆる》す心を持たなければならないのだよ〟

鐘の響きとともに父の声が聞こえてくるような気がした。

そうなのだ。心の卑《いや》しい者を憎めば、自らも同じ心卑しき者になってしまう。それは充分にわかっている。それでもなお、禅示坊に対する怒りは取り除けない。

乱蝶は虚しさだけを心に宿しながら祇園社へと足を戻した。

祇園社には新年の参拝客が群がっていた。

境内に設けられたおけら灯籠では参拝者の願いが書かれた白木のおけら木が元旦の早朝まで焚かれる。参詣の人々はおけら灯籠の火を吉兆縄に受けて持ち帰り、無病息災を願って神棚の蠟燭《ろうそく》の火につけたり、正月料理をこしらえる火種とする。

乱蝶もおけら火をもらい受け、参詣客に紛れながら家路を急いだ。

「お前はまもなく死ぬに違いない」

いきなり背後で声がした。

驚いて振り向くと、酒に酔った男が乱蝶を見てニタニタと笑っている。その途端、「おめえはな、元旦そうそう餅が喉に詰まって死んでしまいやがるぜ」「あんたはどんど焼きの炎に巻かれて火達磨になるな」「夏に鴨の河原で遊ぶと溺《おぼ》れるよ」など、他人を謗《そし》る声がかしましく聞こえてきた。

毎年、除夜の子《ね》の刻（午前零時）より社参の人々は雑言を恣《ほしいまま》にし、他人を誹謗《ひぼう》するという習わしがある。この夜ばかりはいかなる悪口を言おうと赦される。他人に誹謗されても恨んだり、争ったりはしない。悪口雑言は邪鬼の祓いとして勧善懲悪の意がこめられているからだ。

雑言を巧みに言った人は新年を迎える際、吉兆を得るとさえ伝えられている。

――人を貶《けな》して福を呼べるならば、悪口を言い募ってみたい。

乱蝶は苦笑した。

心残りは、今夜、父の遺品のひとつを手に入れられなかったことだ。

煩《わずら》いを消すこともできず、悩みを抱えたまま乱蝶は新たな年を迎えた。

五

螢火は不遜《ふそん》な笑みを浮かべた。

――比叡の風の正体を確かめることができた。

初めのうち螢火は比叡の風が何をしようとしているのか、わからなかった。だが、探るうちに修徳衆に与する者だけを狙い、さまざまな名物を盗んでいると知った。

名物は坂本や堅田で手広く商いをしていた高梨慈順が持っていたものだ。高梨慈順は比叡の僧侶を殺した咎で死罪となり、財産も家宝の名物も没収された。

慈順には嫡男と二人の娘がいた。比叡の風は姉妹のどちらか片方だと、確信した。

——オレと似ている。

螢火は自虐的に溜め息を吐いた。

しかし、成り行きは違いすぎる。螢火の父は人殺しなどしなかった。祖父の代より京の三条で真面目に米問屋を営み、町の人々に慕われていた。

不幸な事件が起きたのは、今から八年前の夏のことだった。


螢火は十歳で徳《とく》と呼ばれていた。

徳は兄弟がなく一人娘だった。それゆえ将来は誰か婿《むこ》を迎え入れ、米問屋を継がなければならないと幼いながら思っていた。

当時、米の値が異常につり上がり、父は不快感を露わにした。

「蔵に米を蓄え、市中にまったく出そうとしない輩たちがいる。困ったものだ」

父は溜め息を吐いた。

現に市井の人々や馬借たちは米の高騰に怒りを抱き、その中の一部の暴徒たちによって有力な土倉や米問屋が次々と襲われていた。

「おかしい。襲われたのは修徳衆に加盟するのを拒んだ商人の家ばかりだ」

縁台で夕涼みをしながら父が眉を曇らせ母にぽつりとつぶやいた。

この時、幼い徳は父の顔によぎった暗い翳が気になったものの、まさか、それが現実になるとは思ってもいなかった。

数日後の夕暮れ時、徳は鴨川の岸辺で螢の群れを雇い人と見ていた。一昨日から螢が美しく舞っているとの噂を聞き、父母と一緒に見に行きたいと願ったが、二人とも仕事で忙しかった。それゆえ雇い人の末治《すえじ》に連れられて来たのだ。

葦の繁みにひとつ、またひとつと光が生まれ、瞬く間に数多くの螢が乱舞した。闇に飛び交う螢のはかり知れない美しさに徳は心をときめかせた。

「末治、今宵のこと、徳は一生、忘れません」

「私もですよ。お嬢さま。よかったですね」

末治の顔を見上げ、徳はニッコリと笑って家路についた。

三条通りを帰ってくると、多くの人々が騒ぎながら走り回っていた。

「焼き討ちだ。米屋や土倉が襲われているぞ」

口々に叫ぶ人の声が聞こえてくる。

末治が顔を強張《こわば》らせ、徳の手を握り六角通りに向かって走り出した。徳も胸騒ぎを感じ、末治の速さに合わせて懸命に走った。六角堂を過ぎた所まで来て愕然となった。

真っ赤な火が夜空に噴き上がり、徳の家屋敷が紅蓮《ぐれん》の炎に包まれていたのだ。

徳の身体にぶるぶると震えが起こった。

バキバキと家が燃え、屋根が凄まじい音を立てて崩れ落ちていく。火勢に煽《あお》られて無数の赤い小さな光が降りそそいでくる。それはたった今、見てきた螢の乱舞ではない。夥しい数の火の粉だ。

徳は驚きと恐ろしさで足が竦《すく》んだ。

蔵の方から数人の暴徒たちが米俵を担いで飛び出してくる。その荒くれ者たちを指図している巨体の男がいた。

暴徒の略奪を止めようとする父と母の姿が見えた。

「父さま！　母さま！」

徳は二人を認めて叫んだ。

直後、巨体男が父を棍棒で殴った。父の頭が割れ、どっと血飛沫《ちしぶき》が上がった。さらに巨体男が棍棒を横振りすると、首をへし折られた母が膝から崩れるように倒れた。しかも別の二人の男が倒れた父と母の身体を数度、蹴《け》りあげた。

徳は炎に包まれた庭に駆け込もうとしたが、背後から末治に押さえられた。

——放して！

悲愴に叫んだが、末治の大きな手に口を塞《ふさ》がれて声にならない。

末治は何事かつぶやきながら徳を抱えて野次馬の群れから離れていく。

その時、父母を棍棒で殴り倒した巨体男の顔が一瞬、炎に照らされて浮かび上がった。左頬にある傷が異様に輝き、形相は絵巻物で見た赤鬼のようだった。

凍えるような冷気が徳の背筋に流れた。刹那、辺りがすべて闇と化した。

どれほどの刻が経ったのか、わからない。

意識を戻した時、徳は藁《わら》小屋に寝かされていた。出入り口には筵《むしろ》が垂れ下がり、隙間から月明かりが差し込んでいる。外は鬱蒼と樹々の繁る森だ。

見慣れぬ光景に戸惑っていると、末治がのっそりと入ってきた。

「お気づきになりましたか……ここは甲賀《こうが》の里です」

末治はぼそりと告げた。

京都三条から甲賀の里まではかなりの道のりだ。その間、末治は徳を背負って運んできてくれたに違いない。

「父さまは……母さまは……」

徳は尋ねたが、すでに生命《いのち》がないことは幼くともわかる。

無言のまま応えない末治の眼にキラリと光るものが滲んでいる。

涙を湛《たた》えて俯いた末治を見て、徳は父母の死を心に受け止めざるを得なかった。

それからひとしきり激しく泣いた。

「涙が涸《か》れるまで泣きたいだけ泣きなさい。涙は人の心のうちから溢れ出るもっとも清く穢れのないものなのです」

末治は泣き続ける徳をなだめようとはしなかった。

幾日、泣いたかわからない。いくら泣いても徳の涙が涸れることはなかった。

末治は甲賀出身の人で若い頃、京都に出て、徳の父の米問屋に奉公したと知った。

甲賀の里は昔より小豪族が割拠しており、甲賀郡中惣と呼ばれ、互いに和して自治を保ち合っていた。各地区の人々は掟《おきて》を定め、年貢の収納や生活、行事にいたるまで合議で決められている。

だが、天下統一を目論む織田信長にとっては不都合のようだった。それゆえ六角氏を破った後、織田家は甲賀の里の自治制や共和体制を崩し始めたのだ。

甲賀衆はそれを防ごうと躍起となっていた。

このような状況下で幼い徳は甲賀の里で暮らすことになったのだ。

「甲賀の里に霧が立ち込めるように、悲しみはいつも人の心を覆うものなのです。人は誰でも多かれ少なかれ悲しみを心に秘めています。それを知れば、お嬢さまの心の傷は癒されなくとも、少しは気が楽になるとは思いませんか」

折に触れ、末治は強い心を持つようにと励ましてくれた。

「お嬢さま、米問屋の娘だったことを忘れてください。すべてを捨てるのです。これからは甲賀の者として生きねばならぬのです」

ある時、徳は〝螢火〟と末治に名を付けられた。

美しい螢の群れを見た時のことを想い出したからなのか、徳には末治の心がわからなかったものの、これからは〝螢火〟として生きていかねばならないと思った。

そして幼い螢火は女《め》の子であるにも拘わらず、忍びとして育てられた。

自ら望んだわけではない。だが、螢火は忍びとして生きるより道はないと心に決めて辛い修行に堪えた。他の男の子と競い合い、自らも男になったつもりで野山を駆け回り、忍びの修行に励んだ。特に火薬、鉄炮の腕を磨いた。

そうして八年の歳月が流れた。その間、京都には一度も戻らなかった。

幼い時に見た左頬に傷のある赤鬼のような男の顔だけが心に焼きついている。倒れた父母を何度も足蹴にした二人の男の顔は見ていない。黒い人影の輪郭だけが鮮明に浮かび上がり、憎しみだけが心に残った。

「螢火も存じておろう。今、甲賀は二派に割れかかっている。織田が有利か、信長包囲網が有利か、予断を許さぬ戦況だ。それを調べに多くの者が各地へ走った。螢火、お前も京に向かうのだ。確かな情勢を見極めて甲賀に知らせてほしいと、お館様より使命を与えられた。いよいよ、お前が甲賀衆のために役立つ時が来たのだ」

甲賀の里には幼い頃より育ててくれた恩ある人が数多くいる。

「オレなどでお役に立つのでしょうか？」

「お前は女でありながら優れた技を数多く身につけた。必ず出来る。但し、お前はすぐに心を乱す悪しき癖がある。嬉しかろうと、哀しかろうと、楽しかろうと、怒りが込み上げようと、いかなる事態になろうとも冷静に対処するのだぞ」

「心得ました」

翌朝、螢火は杣川《そまがわ》沿いを下った。大津でしばらく休んで京へ続く道を西に進み、逢《おう》坂《さか》の関を越え、亀水を経て、粟田口《あわたぐち》から三条に入った時、陽は西に傾きかけていた。

橋の上から比叡、北山《きたやま》、東山《ひがしやま》の峰々を眺めると、懐かしさが込み上げてくる。

幼き日に過ごした屋敷はどうなっているのか。思いを馳《は》せつつ向かった。

屋敷は様変わりしていたが、昔のまま米問屋が営まれている。

当然だが、店の人たちで顔を知る者は誰もいない。

螢火はその夜、安宿に泊まり、明日からの諜報活動の策を練った。

織田勢の動き。朝廷や公家。そして京都所司の動き。

さらに反織田方である大坂本願寺一向宗門徒、浅井・朝倉勢、比叡山延暦寺、三好《みよし》三人衆などが京都でどのように動いているのか、つぶさに掌握しなければならない。

三日の間、調べたが、確たる報せができるものはなく、螢火は溜め息を吐いた。

ふと眼を転ずると、樹の梢に十数羽のスズメが群れを成してさえずっている。

その時、忘れもしない男を見つけた。

左頰に傷のある鬼の顔をはっきりと覚えている。

スズメの群れが一斉に飛び立った。

頰傷のある巨体男は不気味な風体の四人の荒くれ者を従えている。

荒くれ男たちは三条通りを西に進み、神泉苑の近くにある屋敷に入って行く。

そこは多くの無頼の輩たちがたむろする館であり、闇の暴力組織である閻魔の眼の隠れ家だった。統括するのは憎むべき巨体の男であり、修羅鬼と名乗っていた。

修羅鬼は時折、白川沿いにある〝修徳院〟を訪れた。修徳院の衆主は禅示坊という僧侶で、慈善事業をしたり、悲田院《ひでんいん》などに多額の寄付もしている。そのような奇特な人が修羅鬼のような男をなぜ引き入れるのか、螢火は疑わしく思ったが、すぐに謎が解けた。

修羅鬼は禅示坊の弟だったのだ。

ふいに八年前の夏の宵、父のつぶやいた言葉がよみがえった。

〝襲われたのは修徳衆に加盟するのを拒んだ商人の家ばかりだ〟

螢火は悟った。

おそらく父は修徳衆に加盟するよう命じられたが、拒んだ。それゆえ禅示坊は修羅鬼たちを使って父の店を襲わせたのではないか。

螢火は父母が殺された理由がわかったような気がして憤った。それが事実ならば禅示坊と修羅鬼を殺す。さらに倒れた父母を足蹴にした二人の男を見つけて殺す。

復讐心が湧き、すぐにでも殺す機会を得ようとしたが、修羅鬼の周囲にはいつも荒くれ者がいる。しかも禅示坊の住む修徳院は警護が固く、迂闊には忍び込めない。

螢火は考えた。

まずは敵をもっと知ることだ。

閻魔の眼の一員となって懐に飛び込もうと決めた。

そして、修羅鬼の取り巻きの一人で、いつも破れ衣を着ている破剣鬼《はけんき》と名乗る男を標的に定め、ある日の夕暮れ時、忍び装束でいきなり襲いかかった。

破剣鬼は長い剣を持つ剛の者で螢火の小刀の斬撃に怯むことなく逆襲してきた。

だが、螢火は懸命に避けながら相手の足元に火薬玉を破裂させた。

すると破剣鬼は一瞬、たじろいだ。その機を逃さずに螢火は訴えた。

「破剣鬼さま、お聞きください。いきなりの斬撃、わけあってのことです」

「なぜ俺の名を？」

「あなたさまの下で働かせていただきたいのです」

「ふざけるな！」

破剣鬼に長剣を鋭く振られたが、螢火は横っ飛びしてかわし、なおも訴えた。

「オレの技をお確かめいただきたいと思い、無礼を承知で襲いました」

螢火が小刀を捨てて地にひれ伏すと、

「俺の下で働きたいだと？」

破剣鬼はゆとりを感じたのか、長剣を身構えたまま睨んでいる。

「オレは守山《もりやま》の百姓の娘で鍋《なべ》と呼ばれていました。家は貧しく人減らしのために幼い頃、身売りされたのです。遊女屋で小間使いとして働かされ、やがては遊び女にされてしまう定め。それが嫌で逃げ出し、甲賀で修行をし、今は螢火と名乗り、それなりの技を身につけております。修羅鬼さまが閻魔の眼に加わる人々を集められている。その中でも剛の者と噂される破剣鬼さまの名を知りました。オレは世を恨み、世を憎んでおります。きれいごとを言って暮らす者たちにひと泡吹かせるため暴れ回りたいのです。わずかでもお役に立ちたいと願い、このような真似を致した次第です」

破剣鬼はフッと鼻を鳴らした。

「閻魔の眼、四人衆の一人である俺の名はそれほど知れ渡っているのか？」

「はい。闇の世界では知らぬ者はおりません」

「おもしろい女だ」

甲賀では領地の争奪戦で夜討ち、朝駆けをすることが多い。その際、敵の情勢を探る細作が活躍する。この女は忍びとして育てられたらしいと、察したようだ。

「腕もほどほどだな。ついて来な」

こうして螢火は破剣鬼の配下となった。信頼を得るために手足となって働いた。

ある夜、螢火は破剣鬼に身体を求められた。螢火はたじろぐことなく素っ裸になって自らすすんで抱かれるふりを装いながら、ちらりと釘を刺した。

「オレは甲賀で忍び女として育てられました。幼い頃より隠し所に毒を塗られています。それゆえ殺す相手としか交われない身なのです」

哀しげに訴えた。

甲賀では毒蛇や蠍《さそり》や毒蜘蛛などを育てる〝毒飼い〟が盛んに行なわれている。

無頼漢の破剣鬼もさすがに怖《お》じ気づいたようだ。

「お前は毒を塗られてなんともないのか？」

「幼い頃より肌になじんで慣れたのか、今のところ差し障りはありません。ですが、いつ身体が冒されて死ぬことか。それゆえ日々、やりたい放題をしたいのです」

それ以後、破剣鬼に身体を求められたことはない。

嘘がいつばれるかはわからない。その時はその時と螢火は腹を括《くく》った。

やがて螢火の名は閻魔の眼たちに知れ渡り、修羅鬼の目に止まった。

「オレは織田信長の情勢を調べるよう甲賀より遣わされた忍びです。京の噂を集めて時には甲賀に戻らなければなりません。ですが、武将たちの合戦に面白味を感じません。忍びの技を生かして思う存分、暴れ回りたいのです」

嘘と真《まこと》を混ぜ合わせて話すと修羅鬼は螢火に興味を抱いたようだ。

以後、修羅鬼の使い走りとなった。

修羅鬼の懐にもっと深く入り込んでやる。そして父と母を何度も足蹴にした二人の男が誰なのかを知るまでは耐えてみせる。そう心に誓った。

修羅鬼は用心深い男である。二人の男に話を向ければ怪しまれるに違いない。

螢火は修徳衆のなかで心を赦しそうな者を探した。父の米問屋を継いでいるのは升屋当左衛門という男だった。螢火はさりげなく近づいた。

この頃、当左衛門は禅示坊を裏切って新たな地位を築こうとしていた。

それを知った螢火は禅示坊に関わる幾つかの細かい動きを密かに教えた。

初めこそ疑いを抱いたようだが、当左衛門はしだいに螢火を信じるようになり、ある時、眉を曇らせながら話しかけてきた。

〝比叡の颪と名乗る賊が盗む品はな、高梨慈順という男が持っていた名物ばかりなのだ。私も所持している。いつ狙われるかわからぬ。警護して貰えないか〟と。

螢火はその機を逃さずに聞いた。

「八年前、米問屋を襲ったのは修羅鬼さまですよね。他には誰がいたのですか?」

当左衛門はすぐには応えなかった。

だが、屋敷に来れば二人の男の名を教えると誓ってくれたのだ。

ようやく二人の男が誰であるのかがわかる、と、螢火の胸は高鳴った。

その夜、螢火は勇んで当左衛門の屋敷に向かった。

そして二人の男の名を教えられた。

いつも鎖帷子《くさりかたびら》を身につけている槍の羽羅鬼《はらき》。もう一人は僧兵姿の坊蓮鬼《ぼうれんき》だった。

二人とも修羅鬼の取り巻きで閻魔の眼の四人衆として動いている。

ついに復讐の標的を摑んだ。螢火は早々に当左衛門の屋敷から出ようとした。

その時、思いもかけぬことが起こった。

いきなり修羅鬼たちが激しい勢いで突き入り、当左衛門を襲い、非情にも妻女や二人の子をも殺して瞬く間に立ち去ったのだ。

螢火は物陰で見ているしかなかった。

そんな折り、邪魔な者が現れた。それが比叡の風だった。

はじめは一人で盗み働きをする比叡の風を好意的にみていた。だが、比叡の風が動けば動くほど修徳衆や修羅鬼たちの警護は強まってしまう。

昨夜もそうだ。螢火にとって比叡の風は煩わしい存在となった。

亡き当左衛門宅の警備を指揮する羽羅鬼を殺そうと忍び込んだが、警戒はあまりにも厳しかった。比叡の風がやみくもに動き回っているからだ。

――比叡の風など死んでしまえばよい。

おのれの目的を成し遂げるまでは、他の者がどうなろうと構わない。

――禅示坊、修羅鬼、羽羅鬼、坊蓮鬼の四人を必ず殺す！

螢火は改めて四人の殺害を心に強く誓った。

六

禅示坊は歯ぎしりした。

十年の長きに亘り艱難辛苦《かんなんしんく》の思いで日々を送ってきた。商いを拡げ、闇の社会でのしあがるために懸命に働いてきた。高梨慈順も阿夢も処刑され、嫡男の慈築も火達磨《ひだるま》となって川に落ちて死んだ。行方不明の娘など、心に思い描いたことはなかった。

だが、ここに来て比叡の風なる盗っ人が現れ、修徳衆を挑発するかのように金塊を盗んで文を残していった。

しかも忠誠を誓わせようと七人衆に渡した高梨慈順の名物が次々と盗まれたのだ。

比叡の颪と名乗る盗っ人は高梨慈順の娘の他は考えられない。

慈順には八歳の阿鹿、六歳の阿兎という娘がいた。そのどちらかが成長し、比叡の颪なる盗っ人となったに違いない。少なくとも娘の一人は生きている。

禅示坊はそう確信した。

十年前、幼かった娘は自力で屋敷から逃げ出すなどできない。高梨家には数多くの雇われ人がいた。そのうちの誰かが救いの手を差し伸べて密かに養っていたのだ。長い間、銭儲けに忙殺されていたものの、今まで二人の娘を気にかけなかったのは迂闊としか言いようがない。禅示坊は自らに向かって唾棄《だき》した。

阿鹿は今では十八歳、阿兎は十六歳になっているはずだ。

まずは当時の雇われ人たちのその後を調べてみようと考え、記憶を手繰《たぐ》った。

初めに浮かんだのは岩松という男だった。岩松はどちらかと言うと無口で朴訥《ぼくとつ》な性格で慈順に最も信頼され、内密な用事はすべて任されていた。次に源三《げんぞう》という年配の男が浮かんだ。源三は坂本の港近くに住み、慈順の片腕的な存在であり、港湾に関わる仕事を一手に託されていた。他にも右吉《うきち》、喜平《きへい》、雄太《ゆうた》、米蔵《よねぞう》などの姿が浮かび上がった。さらに堅田の豪族、坂本の商人、琵琶湖畔の寺院の僧侶で慈順と親しくしていた者たちを次から次へと想い起こした。

――このうちのいったい誰が阿鹿なり阿兎を育てたのか？

ふいに気づいた。

比叡の風は女だてらに神出鬼没だ。幼い頃より修行しなければ技は磨けない。少なくとも忍びの技を教えられると思える者を選び出すべきだ。

――比叡の風が誰で、どこに住んでいるかをつきとめて必ず殺す！

禅示坊は絞り込んだ男たちの名を列挙し、修羅鬼に調べさせることにした。

第四章　星月夜の若侍

一

　新たな年も明けて七日が過ぎ、乱蝶は焦っていた。

　忍び女には比叡の風が高梨慈順の娘だと見抜かれた。幼き日に八瀬に匿われ、今は名を変えて扇の店を営んでいるが、突き止められたら、正体が露見してしまう。

　身近に危機が迫っていると、乱蝶は感じ、大舎人町に住む秘草に注意を促した。

　秘草は自らのことよりも乱蝶の身を按じてくれた。

「私は八瀬の村を出てから姉さまと暮らし、扇作りを手伝いました。ですが、性に合わなかった。それゆえ多くの職を転々とし、今の織物問屋で働いているのです。滅多なことで昔の阿兎が織物職人の私であるとはわからないでしょう」

「秘草、修徳衆を侮ってはいけません」

「わかっています。お店にご迷惑をおかけしないよう心がけます。それよりも姉さまこそお気をつけくださいませ。もう盗みに入るのはお止めください」

いつものように咎められたが、乱蝶は素直にうなずけなかった。

父の形見の名物のすべてを必ず取り返すという思いが心の中に渦巻いていた。

寒《かん》の入《い》りを迎えると、町の空き地などでどんど焼きが行なわれる。飾った正月の注連縄《しめなわ》や榊《さかき》を竹と共に積み上げて燃やすのだ。

乱蝶は火の手が天高く上がるのを見ながら無病息災、五穀豊穣《ごこくほうじょう》を祈った。

火難除けのために撒く残り灰をもらって帰ると、店に客が来ていた。

吉田《よしだ》社の神官である吉田兼和《かねかず》だった。

能で演じる扇を節分までに作って欲しいとの直々の依頼だ。

季節の移り目は陰と陽の対立が激しいので邪鬼が生じ、人々に禍《わざわい》をもたらすと信じられている。

禍を避けるために古くから追儺《ついな》の行事がさまざまな寺社で催《もよお》される。

京の表鬼門にある吉田社では、平安時代から宮中で催されてきた古式による追儺式が行なわれていた。市井の人々が鬼やらいと呼んでいる行事だ。

方相氏《ほうそうし》が、矛《ほこ》で楯《たて》を打ち「オーオー」と声を発しながら赤や青や黄の疫鬼を追い、鳥居の外に退散させる。

鬼やらいに能扇が使われるのかと訝しがると、察したのか兼和は苦笑いした。

「急遽、明智《あけち》の殿から頼まれたのです」

明智の殿とは織田の武将である明智光秀《みつひで》のことだ。

吉田兼和は明智光秀と親交が深いと巷《ちまた》では専《もっぱ》らの噂だった。

明智光秀は昨年、洛北《らくほく》のさらに北にある勝軍山《しょうぐんやま》城に詰めており、時折、風呂をかりるため、麓の吉田兼和邸を訪れていたようだ。

今は琵琶湖西岸、比叡山にほど近い宇佐山《うさやま》城に入っている。

昨年の九月、浅井・朝倉軍との戦で死んだ森可成《もりよしなり》の代わりに入城したのだ。

光秀は宇佐山城の修復、改修を行なっており、完成した暁《あかつき》に祝いの催しで能楽師に舞わせるのかもしれない。

「なんとか間に合わせましょう」

乱蝶がうなずくと、

「かたじけない。頼みます」

と、吉田兼和は頭を下げて店を辞して行った。

その後、乱蝶は能扇作りに没頭し、期日までに間に合わせた。

京都ではさまざまな寺社でそれぞれの趣向を凝らした節分の儀式が行なわれる。祇園社、北野《きたの》天満宮、須賀《すが》神社、平安《へいあん》神宮、毘沙門《びしゃもん》堂、下鴨《しもがも》神社、壬生《みぶ》寺、石清水《いわしみず》八幡宮、聖護《しょうご》院、廬山寺《ろざんじ》などでは多くの人が集まったらしい。

だが、興味はなかった。

乱蝶はただひたすら父の形見を盗むことだけを考えていた。

そうして物憂い心のまま幾日も過ごし、春の訪れを迎えた。

二

白川沿いの原で野守が枯草を燃やしている。

草は刈り取られた枯れ萩だ。春の芽だちをうながすための野焼きである。

修徳院の寺域に巡らされた堀の水も温《ぬる》んでいるように感じられる季節となった。

伽藍《がらん》からは仏道修行をする衆徒たちの読経《どきょう》が聞こえてくる。

門前で番をする二人の僧兵の一人が傾きかけた夕陽を見ながらあくびをした。

洛東《らくとう》の山科《やましな》、毘沙門堂、清水《きよみず》寺、鴨川、南禅寺《なんぜんじ》など桜の名所では蕾《つぼみ》が開き始めたとの便りが届いている。この数日、のどかな日々が続いている。

だが、奥の院では二人の男が緊迫した顔を寄せ合っていた。

「比叡の風の正体がわかっただと！」

禅示坊は修羅鬼からの報せに目を輝かせた。

「兄者が書き記した堅田の豪族、坂本の商人や坊主を次々と調べた。苦労したぜ」

「で、比叡の風は誰なのだ？」

「いろいろな奴を問い詰めたが、埒が明かねえ。そのなかで八瀬村に住む岩松って男がもっとも怪しい野郎だった」

岩松は禅示坊が一番初めに心に浮かべた男だ。

「阿鹿と阿兎という娘を知らないかと、岩松をこっぴどく痛めつけた。だが、野郎、吐かなかった。他の者も痛めつけたが、八瀬の奴らは誰も口を割らなかった」

「それでどうした。諦めたのか」

「兄者、見くびるな。俺がそんなことで引き下がるか。阿鹿と阿兎という娘を知るものはいなかった。だがな、六郎と名乗る野郎の家に十年ほど前、幼い娘が二人、岩松に連れてこられたという噂を聞きつけた。二人の娘は乱蝶と秘草と呼ばれていた」

「阿鹿と阿兎ではないのか？」

「兄者、焦るな。焼きが回って野守のように頭が煤だらけになったのかい」

禅示坊はこの類《たぐい》の厭味を嫌悪したが、顔には出さずに応えた。

「たかが小娘のことでうろたえはせぬ」

「ふん、強がりはほどほどにしな。その娘たち、俺と同じように名を変えたのだ」

禅示坊はハッとして思わず膝を打った。

「乱蝶は幼い頃より比叡の麓を駆け回っていた。忍びの技を磨いたに違えねえ」

「その女の居所は？」

「ふふふっ、その後、乱蝶って女はどうなったと思う？」

「焦らすな」

禅示坊は弟の底意地の悪さを表情から読み取った。

「絵を描くのが巧みでな、扇作りの店を開き、京でもてはやされている」

「京のどこだ？　四条あたりで見失ったと言ったな。どこに住んでおる？」

「げっへへへ……ついに摑んだぜ。四条通りで扇屋を営む乱蝶って女こそ、比叡の風、すなわち高梨慈順の娘、阿鹿だ」

常に冷静であることを自認している禅示坊もさすがにこの時は興奮した。

「決行は今夜だ。夜陰に紛れて乱蝶をぶっ殺してやるぜ。がっははは……」

修羅鬼は腹を揺すらんばかりに哄笑《こうしょう》した。

三

乱蝶は吉田兼和に能扇を納めるため、吉田社に入った。

「しばし待たれよ」

兼和は能扇を受け取ると、硬い顔で部屋を出て行った。

乱蝶が居ずまいを正して待っていると、しばらくして兼和と共に男が入ってきた。

瓜実《うりざね》顔で幾分色白な男だが、凜《りん》とした鋭い目つきをしている。

「明智の殿様です」

兼和は微笑をたたえながら言った。

まさか明智光秀が吉田社にいるとは思わず、慌てて床に頭を下げると、

「見事な扇、喜ばしい限りである」

小袖着流し姿の明智光秀が満足げに頷いた。

「褒美を取らす。なんなりと望みのものを言うがよい」

「お殿様にご満足いただけましただけで充分でございます」

乱蝶がかしこまって応えると光秀は苦笑した。

「遠慮は無用。乱蝶、なんなりと殿様に望みを述べるがよい」

兼和は間髪入れずに促した。

乱蝶は一瞬、逡巡したが、意を決し、口を開いた。

「ご無礼を承知の上で、お殿様にお願いがございます」

光秀は何ごとかと興味をそそられた顔をした。

「都で商いをしている修徳衆のことでございます。禅示坊という衆主たちをお調べいただけないでしょうか？」

乱蝶は修徳衆、さらに陰で蠢く閻魔の眼の悪辣《あくらつ》振りをこと細かに語った。

光秀は黙ったまま眼を閉じている。

「乱蝶、もうやめよ」

兼和が制した。

「殿様は今、京の政《まつりごと》に関わっている折りではない。昨年の暮れ、織田様は浅井、朝倉と講和を結ばれた。だが、年が明けてすぐに浅井軍は湖東の城を攻め込んできた。殿様は浅井軍の侵攻を抑えるべく宇佐山城の普請を為されたが、一触即発の有り様だ。さらに昨年の十一月、伊勢《いせ》の長島一向衆が蜂起し、小木江城の織田信興様が討ち死になされた。織田様は伊勢長島攻めのために新たな手だてを……」

「兼和殿！」

光秀がとめた。

「無益な話はよい。乱蝶とやら修徳衆のことを心に留めておく」

光秀は抑揚のない口調で応えた。


乱蝶は吉田社からの帰り道、溜め息を吐いた。

武将たちは都の政に心を配るゆとりなどないのだ。

路傍の小石を蹴りつつ、さらに大きな溜め息を吐いた。

今年に入ってから父の形見の名物をひとつも盗み出せていない。

〝唐茶碗はすでに愛宕徳三郎という男に渡されている〟

忍び女の声が心に焼きついている。愛宕徳三郎という男が升屋当左衛門の後を継いで修徳七人衆に加わったに違いない。罠かもしれないが、やるしかない。

そう心に決めながら店に戻ると、一人の小男が待ち構えていた。

「光秀に能扇を何本作った？」

いきなり聞かれた。

明智光秀を呼び捨てにするとは、いったい何者なのか、乱蝶は戸惑いつつ、

「一枚です」

応えると、小男は笑みを浮かべた。

「我は十本欲しい。銭はいくらでも出す。一本は桐紋、裏は木瓜《もっこう》紋。二本目は表裏とも千成瓢簞《せんなりびょうたん》の絵。三本目は光秀に渡した物より華やかな能扇だ。三本すべて金銀を散らしてくれ。後の七本は思うがままの絵を描いてよい。ただし裏には秀吉《ひでよし》の字を入れるだぎゃ」

小男は一気に命じた。

「少しばかり刻をいただかなければなりません」

「急ぐのだ。とりわけ後の七本は……女に言うてもわからんだろうが、近郷の敵対する武将を手なずける際に添えるだぎゃ」

「お急ぎでしたら今、店にある扇で宜しいでしょうか?」

「おう、それでよい。名は我が書くだぎゃ」

乱蝶が店にあったうちの七枚を見せると、

「これでよい。見事な出来ばえだぎゃ。大事な残りは使いを受け取りに来させる」

小男は乱蝶の手に金貨を握らせて去って行った。

──まさか、木下《きのした》秀吉さま？

胸がざわめいた。

──桐紋、木瓜紋は織田の家紋、もしかしたら信長様に献上するつもりの扇なのか。千成瓢箪は木下家の紋だ。自ら使うのかもしれない。何よりも明智光秀様に渡した能扇よりも華やかな物が欲しいとは、見栄を張りたい心根なのか。

乱蝶は訝しがった。

──それにしても明智の殿様に作った能扇をすでに知っている。

早さに驚きを隠せなかった。

思わぬ来客に戸惑いつつ、次の標的を愛宕徳三郎の屋敷と決めた。京極通りで土倉と酒屋を営んでいるが、夜になると無頼の者たちがどこからか現れ、屋敷はとりわけ警戒が厳しくなる。鎖帷子を身につけた男を中心に十人ほどの荒くれ者たちが夜通し見張りを続けている。鎖帷子の男は冬の坂本で乱蝶を襲った一人で長槍を巧みに扱う猛者《もさ》だった。

深夜になったらもう一度、下調べをしようと思っていた矢先、いきなり六郎が息を切らせて店に駆け込んできた。

「お嬢、この家をすぐに立ち退くのです。ここに無頼の輩たちが押しかけてきます」

「なんですって……」

「詳しい話は後ですだ。とにかく急いで」

「待って」

乱蝶は咄嗟に隠し棚を開けた。中には取り返した父の名物が納められている。それを次々と麻袋に入れて担いだ。修徳衆から盗み取った金塊は床下に隠してある。それらは置いて行くしかないと思った途端、店の雨戸が激しく叩かれる音がした。

「まずい！」

六郎が叫んだ。

「こちらに」

乱蝶は庭に向かって走った。直後、背後で雨戸が蹴破られる音がした。

井戸の近くに物置小屋がある。乱蝶は六郎を誘って中に駆け込んだ。

「逃げたぞ」

声がしたと思う間もなく、店から男たちがバラバラと庭へ飛び出してきた。

乱蝶は咄嗟に小屋の戸を閉めた。

「比叡の風、乱蝶、いやさ阿鹿、もはや袋のネズミだ。逃げられはしねえぜ」

小屋を取り囲む男たちの気配がする。

「とっとと出て来い。出て来やがれ！」

板塀の隙間から男たちの持つ松明《たいまつ》の火が見えた。

乱蝶はすばやく地に敷かれた筵《むしろ》を捲《めく》った。そこには穴が掘られている。

「ついて来てください」

先に穴に飛び込み、六郎を促《うなが》した。横穴は腰をかがめなければならないほど狭い。

「素直に出て来ねえと火達磨になるぜ！」

威嚇《いかく》する声がした。直後、物置小屋に火をつけられたようだ。パチパチと板の燃える音がして煙の臭いが流れ込んでくる。

男たちは秘密の抜け穴があるのを知らないようだ。

地下穴は途中から幾筋にも分かれて迷路のようになっている。なるべく家から遠く離れた所に出なければと乱蝶は思った。時には腹這いになりながら横穴を進み、三十間ほど離れた小川近くの繁みに出た。

店の方を見ると、物置小屋が紅蓮《ぐれん》の炎に包まれている。

長年暮らした扇の店も焼かれるかもしれない。

哀しさと悔しさが込み上げてくる。

「奴ら、お嬢が焼け死んだとは思いますまい。ここにはもう戻れませんですだ」

六郎が歯嚙みしている。

「禅示坊の手の者たちですね。なぜ、ここが？」

そう問いかけて、乱蝶の胸に新たな不安がよぎった。

「秘草に知らせなければ！」

「大丈夫。すでに岩松どんが行きました。秘草さまをお護りしているはずですだ」

「そうですか。助かります」

夜の四条の道を鴨川に向かって逃げながら六郎はことの次第を話してくれた。

荒くれ者たちが八瀬の村に来て、阿鹿と阿兎のことをしきりに聞き回り、どうやら二人のその後を悟られたようだ。

岩松と六郎はそれを察し、慌てて駆けつけてくれたのだ。

乱蝶は二人のすばやい行動に感謝した。

「それでは私たちは八瀬には戻れませんね。里の人々に迷惑をかけてしまいます」

「なあに、心配にゃ及ばねえ。奴らは八瀬には手を出せねえ」

「なぜですか？」

「行ってみればわかりますだ」

六郎は含み笑いをして鴨川沿いの道をずんずんと進んで行った。

乱蝶は六郎に従って高野川沿いの道を走った。

夜気に混じって萌《も》えいずる若葉の匂いがした。

今は春真っ盛りなのだと乱蝶は改めて感じた。

八瀬に入る途中で鉄炮や槍を構えた兵にいきなり取り囲まれた。

その背後から一人の若侍が現れた。

月明かりに照らしだされた若侍の顔に見覚えがあった。

坂本の麓《ふもと》で無頼の輩に襲われた時、助けてくれた猪飼野甚太郎だった。

あの時は激しく降りしきる雪でよく見えなかったが、顔から首、さらに胸元にかけて焼け爛れた痕が月明かりにくっきりと照らしだされている。

「また会ったな」

甚太郎が乱蝶を見てニヤリと笑った。

あの時、乱蝶は忍び装束で顔を隠していた。それなのに、なぜ甚太郎は同じ者だとすぐに気づいたのか、乱蝶はわからない。

「警護を怠るな。無頼の輩が現れたら問答無用で捕らえるのだ」

甚太郎は兵たちに告げ、自身は六郎と乱蝶を導くように八瀬に入る道を進んだ。

「もう一刻、駆けつけるのが遅れたら今頃は……危ないところでしただ」

八瀬の村に入って安堵したのか、六郎がつぶやいた。

乱蝶は甚太郎の顔をちらりと見た。瞳や眉や口元がどことなく亡き兄の慈築に似ている気がする。それゆえか、なんとはなしに親しみのようなものを感じる。

六郎の家の前まで来ると、中から岩松と秘草が走り出てきた。

「姉さま、ご無事で！」

秘草が潤んだ声をあげた。全身傷だらけの岩松も笑顔を向けてくれる。

「すみません。ご迷惑をかけてしまって」

乱蝶は秘草の無事な姿を見て安堵し、二人に深々と頭を下げた。

気づくと、村のあちこちに武装した男たちがいる。

堅田の侍たちだった。

岩松が八瀬の老分衆に事の成り行きを告げ、堅田の豪族である猪飼野家に頼んでくれたのだと知った。それゆえ猪飼野家の侍たちが八瀬村一帯を警備していたのだ。

乱蝶は岩松や六郎、さらに八瀬村の人々の迅速な行動をありがたいと思った。

だが、実のところは少しばかり事情が異なるようだ。

乱蝶という一人の娘のために多くの侍たちが八瀬に来るわけがない。

これは織田家の思惑だった。昨年の十二月、浅井・朝倉軍は織田と講和して比叡山から陣を引いた。それ以後、信長は延暦寺を孤立させるため、比叡山へ入るさまざまな麓の口に多くの兵を配備したのである。

浅井・朝倉との戦いの最中、中立を守れと言ったにも拘わらず、それを無視して逆らった比叡山に腹を据えかねた信長は、比叡山を襲う機会を虎視眈々《こしたんたん》と狙っている。

八瀬口に多くの兵を送り込んだのもその一環のようだった。

信長は比叡山にどのような仕打ちをするつもりなのか。〝逆らえば根本中堂、山王の社をはじめ、三千の僧坊まで一宇も残らず焼き払う〟と、威嚇したという。

まさか、仏法を蔑《ないがし》ろにするような真似をするはずがない。

そう信じつつも乱蝶は夜空の月を眺めながら不安にかられた。

さらに秘草の心を按じた。

修羅鬼たちは京都の織物問屋には辿り着けない。それを確信している秘草は織物問屋の人々には迷惑をかけないで済みそうだと言った。

だが、一瞬、哀しそうな顔をした秘草を見て乱蝶の心は痛んだ。秘草は跡継ぎ息子と恋仲だが、このままでは嫁げなくなる。修徳衆を標的に盗みを働かなければ、妹は女としての幸せを摑めたのではないか。そう思うと我を通し続けた自らが疎《うと》ましい。

満天の星を眺めながら後悔の溜め息ばかりが洩れた。

「何を憂《うれ》いておる」

背後からの声に振り向くと甚太郎が佇《たたず》んでいた。

「そなたの話はいろいろ聞いた」

甚太郎は乱蝶の多くを知っていた。

父の高梨慈順が高僧殺しの濡れ衣を着せられたこと。幼い頃は阿鹿と呼ばれ、妹の秘草は阿兎であること。兄の慈築が死んだこと。今、乱蝶は修徳衆を標的に盗みを働いていること。それらを岩松や六郎から聞かされたらしい。

「女だてらに無謀である。やめたほうがよい」

冷たく言われた。

「修徳衆は膨大な富を手に入れています。蓄えた銭で高利貸しや運送業など京都だけではなく奈良、大坂、伊勢方面へと販路を拡げています。ですが、それは表向きの商い。裏では無頼の者をつかい修徳衆に与せぬ商人を襲ったりしているのです」

一気にしゃべったが、甚太郎は黙ったままだ。

「今では堺の豪商と肩を並べるほどの商いをしています。修徳衆は、表向きは自由都市の堺や一向宗の寺内町と同じですが、裏の実態はまるで異なるのです」

「某《それがし》は修徳衆など知らぬ」

「織田様が支配する近江、美濃の辺りは流石《さすが》にまだ手を出せないのでしょう」

「女だてらに生意気な口をきく」

甚太郎は嫌悪感を露わにしている。

女を卑下する物言いが癪《しゃく》に障り、乱蝶の心は昂った。

「商人同士の取引をめぐる争いが起きたとします。すると修徳衆は閻魔の眼という闇の組織を使って相手を脅し、従わないと殺すのです。所司はそれに気づかず、気づいたとしても裁こうとしないのです。それゆえ無法がまかり通っているのです。この理不尽を見逃してよいのでしょうか？」

まっすぐに甚太郎の目を見据えた。

「心根はわからぬでもない。だが、おぬし一人で何が出来る？」

「私は父の汚名をそそぎたいだけです」

すると、甚太郎は諭すような柔らかい口調で言った。

「危ない真似だけはやめろ」

気まずい沈黙が流れ、しばらくして甚太郎はポツリとつぶやいた。

「初めて出逢った雪の夜、そなたは堅田侍を詰《なじ》った。だが、今は堅田侍、ひいては織田様の庇護がなければ、無頼の徒から護っては貰えぬのだ」

「それとこれとは話が違います」

「そなたに何かあらば岩松や六郎が嘆く。あの者たちの悲しい顔を見たくはないであろう」

「父を罪に陥れたのは禅示坊に違いありません。どうあっても禅示坊と渡り合い、蓮融さまを殺めたことを自白させたいのです」

甚太郎はしばらく黙った。どう言ったものか迷っているようだ。

「女の幸せとはなんだ？」

いきなり問いかけられ、乱蝶は戸惑った。

「私は自らを女だと思ってはおりません。望みを成し遂げるために捨てました」

「哀れな。お前は若く美しい。蕾《つぼみ》のうちに命を散らしてしまうのは惜しい」

乱蝶は首を横に振って見せたが、なぜか気恥ずかしさを感じ、頬が火照《ほて》った。

「これからの生き方しだいでは幸せが摑めるかもしれぬのだぞ」

「今のままでは不幸せなのです」

「頑《かたく》なな娘だ」

説いても無駄だと諦めたかのように甚太郎は溜め息を吐いた。

それ以後、二人は肩を並べるほどの近さで八瀬の里を照らす月を眺めた。

ふっとそのことに気づき、乱蝶の身体が急に強張《こわば》った。

これほどの近さで若い男と二人きりでいることなど今までなかった。甚太郎の吐く息が間近で感じられる。喉に渇きをおぼえ、乱蝶は思わずゴクリと唾を飲み込んだ。

「堅田で見る月も美しいが……八瀬で見る月も美しい」

甚太郎はわけのわからぬ言葉をつぶやいた。

「そなたのような、わわしい女と見る月も風流であるな」

わわしい女とは手厳しい。

鋭い刺《とげ》を心の臓に突かれた気がしたが、それは男の身勝手だ。

男たちは世の中を動かしていると自負する。男に従い、逆らわない女を求め、異議を唱える女を〝わわしい〟と呼び、疎んじて避ける。

乱蝶はそれが不満だ。

だが、普段ならば不快に思うのに甚太郎だと、なぜか許せるような気がする。〝わわしい〟には自らの考えをきっぱり言う女だと、誉める含みもあるからだ。

熱い血がとくんとくんと身体を流れていく。

――このまま時が止まってくれればよい。

乱蝶は夜空に輝く月と満天の星々を黙ったまま眺め続けていた。

それから二日の間、乱蝶は甚太郎とやり合った。

「無謀な真似はやめろ」

「いえやめませぬ」

と、対立ばかりしていた。ついには、

「なぜ、それほどまでに私に気を配ってくださるのです」

乱蝶は問いかけたが、甚太郎は無言のまま何も応えなかった。

三日目の夕暮れ、堅田から来た使者に何事か告げられると、甚太郎は憂いた顔をして八瀬の里を出て行った。

煩わしい男が去ったと、乱蝶は胸を撫で下ろしたものの一抹《いちまつ》の淋《さび》しさを覚えた。

その夜、月を眺めながら乱蝶はふいに寂寥《せきりよう》感に襲われた。

もう二度と甚太郎には会えないのではないか。めぐり逢うことはないのかもしれない。そんな思いがよぎった。

この淋しさは何なのか、わからず途方に暮れながら八瀬の里を散策した。

扇絵を描こうとしたが、絵筆も持てず、竹細工も手につかない刻《とき》が過ぎていく。

甚太郎が近くにいる。それだけで満たされていたのかもしれない。

だが、いつまでも一緒にいることなど叶うわけがない。それはわかっている。次第に得体のしれぬ苛々が募ってきた。

甚太郎には妻がいるのか、いなくとも夫婦の契《ちぎ》りを結んだ娘がいるに違いない。今頃、堅田で会っているのではないかと、心が乱れた。

清流で髪を洗いながら女であることを今更ながら噛みしめた。

甚太郎の面影を何度も消し去ろうとしたが出来ず、どこにもぶつけられない苛立ちを宿したまま悶々とした日々を送らざるを得なかった。


五日目の夕暮れ時、甚太郎はふいに八瀬に戻ってきた。

凛《りん》とした姿をみとめた途端、胸が高鳴り、瞳が熱く潤んだ。

乱蝶はときめく心で走り寄った。だが、甚太郎は憂いを含んだ顔で素っ気ない。

「上様は近いうちに比叡を襲うかもしれぬ」

甚太郎の口調には不機嫌さが滲み出ている。

「襲う？　まさか？」

比叡山が襲われれば、堅田や坂本の町も危険に晒《さら》される。日吉社も根本中堂も多くの伽藍も焼かれる。もしかしたら八瀬まで飛び火するかもしれない。

甚太郎は堅田で生まれ育った郷士だ。比叡のお山が襲われるのは堪えられないに違いない。甚太郎はどう思っているのか、乱蝶はわからずに気がもめた。

だが、甚太郎に寄り添い、顔を見ているだけで、なぜかうれしさが込み上げた。

乱蝶にとって初めて感じる不思議な気持ちだった。

「事態は刻々と変わりつつある。そなたはこれからどうする？」

「今までどおりに生きるしかありません」

「ふむ。変わらぬか。某が親しくした女でそなたのような激しき者は初めてだ」

苦笑しつつ甚太郎は暗い顔をした。

甚太郎が何を考えているのか、私をどう見ているのかと、乱蝶は気になった。相手の思いが読めずに心が騒ぐことは今までなかった。初めて抱くもどかしさだ。

その時、いきなり甚太郎に手を握られた。手は無骨だったが、温もりがあった。

「今はそなたがもっとも望むとおりにするしかないのかもしれぬな」

甚太郎の真剣なまなざしに乱蝶はうろたえながらもある期待に胸を膨らませた。

「甚太郎さまのご家族は……今、堅田にいらっしゃるのですか？」

「うむ。父と母と弟がおる」

「確か父君は猪飼野甚介《じんすけ》様でございますね。他にご家族は？」

「おらぬ」

「多くの女人と親しくされましたとか、先ほどおっしゃいましたが」

甚太郎は含み笑いをしてから珍しく惚《とぼ》けた顔をして応えた。

「某はな、道を歩くだけで町娘に色目をつかわれる。困っておるのだ」

「まあ」

「娘たちはな、顔と首筋の爛れた某の痕を見て侍の勇ましさを感じるのだろう。恥ずかしそうに俯いて目を逸らすのだ」

「あら、それは痛々しい傷痕を見て哀れんでいるのです」

「なに？　哀れみだと？」

甚太郎はわざと驚いたふうを装って言った。

「まさか、そうであったのか。気づかなんだ。迂闊であった」

二人は同時に大笑いした。

少しずつだったが甚太郎と心が近づいている。励ましや慰めなどいらない。そばにいてくれるだけでよい。乱蝶はうれしさに胸がはずむ思いがした。

四

その頃、螢火は甲賀の里に戻っていた。

復讐すべき四人がわかった。殺す機会はいつでもある。ひとまず甲賀に帰り、京で仕入れた織田信長に関わる噂を伝えて使命をまっとうしようと思ったのだ。

「すでに甲賀の里にも届いていると思われますが、信長はこの二月、かねてより寝返らせていた浅井長政《ながまさ》の元家臣の磯野員昌《いそのかずまさ》を高島郡《たかしま》に移し、佐和山に丹羽長秀《にわながひで》を入城させました。山門と浅井の小谷城の間に楔《くさび》を打ったのです。さらに堅田浦の諸侍に兵船百艘《そう》を整えさせました。堅田衆の水軍の力は強大です。湖上権を得た織田方は優位にことを運んでおります」

末治はすでに知っているのか、黙ってうなずいた。

「信長は三月四日に京の町衆を集め、東福寺《とうふくじ》で茶会を催しました」

「そうか、形勢が織田方に傾き、信長にゆとりが出来た証かもな」

「ですが、織田包囲網が解けたわけではございません。反信長勢力でもっとも力のある武田《たけだ》が動き始めました。武田の軍勢が三河《みかわ》に出陣し、足助《あすけ》城を攻め落としたよしにございます。さらに吉田城に向かい徳川家康《とくがわいえやす》を攻めるとの噂が広がっています。徳川は織田方の武将です。武田勢に敗れれば、織田は苦戦を強いられます」

「甲斐《かい》の武田が東から攻めて勢いを増せば、大坂の本願寺、そして浅井・朝倉軍が再び蜂起し、事態は変わるということか。螢火、有り様をさらに集めてくるのだ」

甲賀の里にとってどれだけ役に立つ情報だったかはわからない。

だが、螢火は一応役目を果たせたのではないかと安堵し、すぐに京へ戻った。

父母の仇《かたき》である禅示坊、修羅鬼、羽羅鬼、坊蓮鬼を殺すためだ。

神泉苑の近くにある閻魔の眼の隠れ家に着くと、無頼の徒たちがうろたえていた。

修羅鬼が怒り狂って手がつけられないという。

破剣鬼の話では、比叡の風を今一歩の所まで追い詰めながら逃げられたようだ。京の四条通りで扇の店を営む乱蝶という娘こそ比叡の風の正体であると告げられた。

螢火は閻魔の眼の探索網の凄さを改めて思い知らされた気がした。

「比叡の風は今、八瀬に匿《かくま》われているらしい。だがな、八瀬一帯は織田家臣の警備が厳しくて迂闊には近寄れねえ。それゆえお頭は憤っておられる。螢火、比叡の風こと乱蝶が八瀬にいるかどうか、とくと確かめて来い」

破剣鬼に命ぜられた。

「修羅鬼さまに会えないでしょうか？」

「今は出来ねえよ。俺たち四人衆でさえ、近づけねえからな」

さすがの破剣鬼も脅えるように言った。

修徳院は相変わらず警護が固い。奥の院に忍び込んで禅示坊を殺すのは難しい。禅示坊が町に出た際、隙を見つけて襲うしか手はない。

――修羅鬼と禅示坊を殺《や》るのは後だ。

螢火は標的を変えることにした。まずは他の二人から始めようと考えた。

坊蓮鬼は修徳七人衆に選ばれた愛宕徳三郎の屋敷を警備している。

一方、羽羅鬼は相変わらず亡き升屋当左衛門の屋敷跡で寝泊まりしている。

この屋敷跡は閻魔の眼の第二の隠れ家になる地と定められ、今、武術道場や武器倉庫が築かれており、羽羅鬼は作事の総指揮官として立ち働いている。

螢火は羽羅鬼に狙いを絞った。

昨年の大晦日、屋敷内に忍び込み、羽羅鬼を殺害しようと試みたが失敗した。次は一発で仕留めなければ身に危険が迫る。それを覚悟して策を練った。


夕暮れになり、螢火は行動を起こした。

門衛たちが警護する屋敷の正面から堂々と中に入った。

羽羅鬼は部屋の中でも鎖帷子を身につけ、そばに長槍を置いている。

「なに？　お頭が？」

螢火は修羅鬼の使いで来たと嘘をつき、羽羅鬼に小声で囁いた。

「はい。比叡の颪の件で、ぜひともお話があると仰せられました。修羅鬼さまがもっとも頼られているのは、やはり羽羅鬼さまなのでしょう」

歯の浮くような世辞だが、自尊心の強い羽羅鬼には効き目がある。

「ここ数日、お頭は荒れ狂っておる。俺が出張らなければ収まりがつかんのか」

「坊蓮鬼さま、伊餓《いが》鬼《き》さま、破剣鬼さまには〝ご内密に〟と仰せられました。今宵、亥《い》の刻（午後十時）過ぎに、ぜひともお会い致したいと」

「そんな夜更けにか。なんの話かな？」

羽羅鬼は怪訝な顔をしたが、自分だけが選ばれたという自負心が勝《まさ》ったようだ。

「必ず〝お忍びで〟とのことです」

念を押すまでもなく、

「言われなくともわかっておる」

と、羽羅鬼は声を強めた。

螢火は早々に部屋を退出し、門衛たちに会釈して屋敷を去った。

――決行は亥の刻だ。

螢火は鋼鉄の礫《つぶて》を取り出した。差し渡し二寸、厚み四分、重さ三十匁《もんめ》と通常の物よりも大きい。中央に穿《うが》ってある小穴に長い細紐を通した。

続いて砂や灰や鉄の粉をまぶした目潰しを薄紙に包んだ。

念のために五つ作っておく。

止めを刺すための寸鉄も忘れずに懐へ入れた。

成就した暁《あかつき》のために三寸の火薬玉と打ち上げ筒を選ぶ。もしも返り討ちにあったとき、自らの死の餞《はなむけ》として花火を打ち上げようと覚悟を決めた。

戦いの仕度を万端整え、螢火は屋敷に向かい、門前の繁みに隠れ潜んでいた。

亥の刻になる前に鎖帷子の羽羅鬼が門から出てきた。手には長槍を携えている。

〝内密に〟と、釘を刺したことが功を奏せばよいと螢火は祈った。

「羽羅鬼さま、このような夜更けにいかがいたしました?」

門衛が声をかけたが、

「余計なことを訊くな」

羽羅鬼は冷たく応えた。

修羅鬼に呼ばれたと配下の者たちに話せば、閻魔の眼で競う他の三人衆に洩れ聞こえてしまう。そう危惧したに違いなく羽羅鬼は外出のわけを言わない。

――嘘をついて羽羅鬼を外に誘い出したことを知る者は誰もいない。

螢火はひそかに笑った。

羽羅鬼は足早に三条通りを西に進んでいく。

わずかに残った桜の花びらが生暖かい夜風にはらはらと散っている。月の光を受けながら羽羅鬼は異様な気を漂わせて歩いていく。まさに鬼そのものだ。

螢火は後をつけ、ある屋敷の築地塀《ついじべい》が途切れた所で背後から声をかけた。

「羽羅鬼」

直後、羽羅鬼は振り向きざまに長槍を突いてきた。さすがに見事な槍捌きだ。

螢火は危うく身をかわして後退した。

「なんだ。螢火か」

羽羅鬼は螢火の姿を見て少しばかり気を緩めたようだ。

「わざわざ迎えに来てくれたか」

「はい。死出の旅路へと、お導《みちび》き致します」

「冗談《てんごう》を……てめえも戯《ざ》れ言を吐けるようになったか。俺はな、初めて見た時からいい女だと思っていた。あそこに毒を含んでいなければ、素っ裸にしていつでも抱いてやる気でいるんだぜ」

羽羅鬼は薄笑いを浮かべて歩み寄ってくる。

刹那、螢火はビュンと細紐を振って鉄礫を打った。

ガツッと鈍い音がして羽羅鬼の額に命中した。通常の人ならば一撃で死んでいる。

だが、羽羅鬼は一瞬、よろめいたもののすぐに立ち直った。

「なにをしやがる？」

羽羅鬼は長槍を巧みに扱う強者《つわもの》だ。刃先の鞘を振り落とし、螢火の鉄礫に怯《ひる》むことなく逆襲してきた。鋭い槍先が月明かりを浴びてギラリと光り、螢火の胸元に迫った。螢火はすばやく後退して躱し、懐に隠し持った包み紙を手で破って握りしめた。

羽羅鬼がさらに鋭く長槍を突いてくる。螢火は切っ先をかわすべく地に転がった。

倒れた螢火を見て羽羅鬼はフッと鼻を鳴らし、間髪入れずに長槍を振りかぶった。

直前、螢火は相手の顔に目潰しを打った。砂や鉄粉が散り、的確に命中する。

羽羅鬼は「ゲッ」と、叫び、片手で眼を押さえた。

「螢火、てめえ、誰に頼まれた？　坊蓮鬼か、伊餓鬼か、破剣鬼か？」

「誰に頼まれたのでもない」

螢火が横っ飛びして位置を変えたが、羽羅鬼は確認できていないようだ。

「だったらなんの真似だ？　応えねえと、ぶっ殺すぞ」

目潰しを喰らった羽羅鬼はただ闇雲にぶんぶんと長槍を振り回している。

螢火は新たな目潰しの包み紙を破り、第二撃をみまった。

「ぐわっ！」

羽羅鬼は両目を閉じた。

「その眼で八年前の光景が見えるか」

「なんだと？」

「八年前、おぬしは三条の米問屋を襲った。逃げまどう人々を情け容赦なく殺した。無法な振る舞いを止めようとする父と母を殺して足蹴にした」

「なんのことだ？」

羽羅鬼はまるでわからないようだ。

「長い間、数々の悪逆非道を繰り返してきたゆえに、覚えてもいないのか？」

螢火の心にさらなる怒りが噴き上がった。

寸鉄の中心部にからくり止めしてある小輪に中指を通し、グイッと強く握った。

「オレはその娘だ」

横合いからどっと体当たりをして羽羅鬼の左胸に寸鉄を突き刺した。

「今こそ父と母の恨みを晴らしてやる。闇の中で迷い続けろ！」

鎖帷子を破って羽羅鬼の左胸に寸鉄がズブリとめり込む。一瞬、羽羅鬼の身体が揺らいだ。螢火は寸鉄を一度抜き、再び、力一杯、心の臓に突き刺した。

羽羅鬼は怒り狂った顔をしたが、それまでだった。

腰から崩れるように地に倒れた。

「わからねえ。米問屋の娘だと？　てめえが誰だか、まるでわからねえ……」

苦悶の顔でつぶやきながら羽羅鬼は絶命した。

めざす四人のうちの一人をついに殺した。

「殺される奴には殺される理由《わけ》がある」

無様に倒れている羽羅鬼の身体を月が皓々《こうこう》と照らしている。

螢火は落ちた細紐つきの鉄礫を拾い上げ、地上に降りそそぐ星々を見上げた。

周囲に人の気配はない。羽羅鬼はなぜ外出したのか、殺した者は誰なのか、閻魔の眼の者たちにはわからぬまま謎となるだろう。

父と母の優しかった笑顔を思い浮かべながら雑木林の中を走った。

事前に草むらに隠しておいた竹のタガを巻いた打ち上げ花火用の筒は、縄で縛った杭で固定してある。螢火は火打ち石で油紙に点火し、筒の中に投げ込んだ。筒の中でチリチリと親導《おやみち》に火が付いたと感じられた。直後、ブオッと心地よい爆発音がして火柱が上がり、次の瞬間、大輪の火の粉が舞った。

夜空に輝く火の粉は螢のように美しく乱舞している。

心で喝采をあげつつ螢火は次の標的を坊蓮鬼と定めた。

五

洛東の山科、毘沙門堂、清水寺、鴨川など桜の名所では花が散ったらしい。上賀茂《かみがも》神社、大原《おおはら》、貴船《きぶね》、鞍馬《くらま》など洛北の桜は少し遅れて咲き始めた。八瀬の里も今が満開である。風に吹かれてちらほらと花びらが散る木もあった。

乱蝶は再び京に行き、機を見て父の遺品を盗み出したいと考えていた。だが、正体がばれてしまった今、実行するのは難しい。下手に動くことは出来ない。

悶々とした暮らしの中で秘草のことが気になった。

秘草は京に戻りたいと思っているようだ。織物問屋の息子の面影を浮かべているに違いない。時々、悲しげな顔をして京の方角を眺めている。

自分のせいで秘草は八瀬に逃れなければならなくなったと思うと心が痛んだ。

妹を哀れに思い、愛宕社《あたご》の火の神が祀《まつ》られた〝あたごさま〟の祠《ほこら》の前で祈りを捧げたり、山の神として祀られた〝じゃんじょこさま〟の祠に手を合わせて秘草の幸せを願った。

それで償《つぐな》えるわけではない。乱蝶は自らを諌めた。

折に触れて甚太郎は堅田へ出かけた。父の甚介は堅田の警護を任されている。甚太郎は猪飼野家の長子として手助けをしているのだろう。

甚太郎がいない間、乱蝶は淋しさを感じ、戻って来た時は心がときめいた。

これからどうなるのか、皆目わからないままで日々を過ごすのは嫌だった。

八瀬に戻って来る都度、甚太郎は口元に苦悶の色を漂わせている。

「何か憂うべきことが起きているのですね？」

「侍は自らの心を騙さねば生きていけぬものだ」

森の小道を進みながら甚太郎は哀しげに応える。

「女もです」

「相槌など打たなくともよい」

冷やかに言われると、乱蝶はいたたまれない思いになる。

「私のような頑なな女には、お話しくださいませぬか？」

甚太郎は少しだけ顔をゆがませて、ぼそりとつぶやいた。

「上様は延暦寺を攻めると決めたようだ。さすれば坂本の町も焼かれてしまう」

言の葉には暗さが滲んでいる。

「我ら堅田の中には本願寺、浅井、朝倉方につくべきだと主張する者もいる。今、織田包囲網は一段と厳しさを増しておる。織田家は苦戦を強いられている。だが、猪飼野家は織田方につくと決めたのだ。信長様は優れた武将である。やがては天下を治められるに違いない。父はそれを見抜いた。某は織田家のために働かねばならない」

甚太郎は揺らぎのない口調で言った。今まで出逢った男の誰よりも力強く理知的に感じられる双眸、それは女心をせつなくさせる輝きを秘めている。

「何か決断をする時は迷いが生じるものです。私とて恥ずかしながら愚かしいほどにためらいを繰り返してきました。ですが決めたならば突き進むしかありません」

少し生意気な言い振りに甚太郎の口元がわずかだがほぐれたように見える。

「某はどうでもよい。乱蝶、そなたは気を変えるつもりはないのか」

「はい、悔いを残さぬ日々を送る。それが私の信念です」

卑劣な禅示坊を必ず断罪に処すと思い続けて来た。今更やめるわけにはいかない。

「あなたさまのお気遣いに応えられません。お許しください」

「謝ることはない」

「また怒った顔をなさいます。あなたさまは私をわかってくださらない」

八瀬の里から離れて山道を進む甚太郎の背に向かって乱蝶は唇を尖らせてみせる。

「開き直るな。そなたが動かずとも修徳衆はやがては滅びの道を辿る」

「はい？」

「何事もな、新たに生まれ出たときは勢いがある。それは育って大きくなり、成熟を迎え、やがては爛熟《らんじゅく》する。頂《いただき》に立った者はともすると傲慢《ごうまん》になる。醜くなる。その後は腐敗し、ついには衰滅する。それが世のならい。権力を得た者にはそれがわからぬのだ」

甚太郎は婉曲《えんきょく》な言い方をしたが、〝危ない真似はやめろ〟と諭しているのだ。

「そなたも道理はわかるであろう」

甚太郎の慈しみの言の葉のひとつずつを素直に受け止めたいと思った。男に魅力を感じるのは初めてだ。このような人とはこれから二度と出逢えそうもない。

心が揺らいだ。だが、乱蝶は笑顔を作って誤魔化した。

「でも、私は自らの手でことを成し遂げたいのです」

「わからぬ女子《おなご》だ」

甚太郎は時には乱暴な言い方をするが、態度は細やかで心を温ませてくれる。

繁みの中で雲雀《ひばり》が鳴いている。

時折、山風に桜の花びらが吹雪のように散って流れた。

いつしか乱蝶は甚太郎と肩を並べるようにして比叡の黒谷《くろだに》道を登っていた。

「勝手にせい」

甚太郎は小石を拾って投げた。小石は杉の木にあたって乾いた音をたてた。

気がつくと、樹々の向こうに瑠璃堂が見えてきた。

知らぬ間に遠くまで歩いたものだと乱蝶は思った。

甚太郎は手櫛《てぐし》で髪をかき上げている。その何気ない仕種に男の性を感じた。

その途端、いきなり手を摑まれて身体を引き寄せられた。

「あっ」

と、乱蝶は戸惑いの声をあげた。

甚太郎のまなざしが熱っぽく光っている。太い腕が肩に絡みついてくる。

乱蝶の身体は小刻みに震えて強張り、心の臓がトクントクンと高鳴った。

「濃い緑の色を含んでいるのだな」

「え？」

「そなたの瞳だ。ただ黒いだけかと思っていた」

乱蝶は恥じらって目を閉じた。

身体がさらに引き寄せられる。息を止めて為されるがままに身をゆだねた。

甚太郎は大きく包み込むようにして身体をぴたりと合わせてくる。

恐れも不安もない。あるのはかすかな罪悪感だ。それは妹の秘草に対してだった。

直後、口を吸われた。

乱蝶も応えた。

舌と舌が絡み合い、どちらからともなく熱い吐息が洩れる。

乱蝶は甚太郎の身体にすすんで腕を絡ませた。

身も心もゆだねたいと、甚太郎の胸に身体をすり寄せた。

温もりのある陽射しがゆったりと映えている。

瑠璃堂の近くの繁みは男と女が初めて契りを結ぶのにうってつけの閨《ねや》に変わった。

気づかぬうちに腰ひもが解かれている。着物の襟が大きく開けられ、乳房が露わになった。頬が上気し、心が熱く濡れてくる。かすかな怖れが沸き上がった。

「初めてなのか……儚く悲しみを含むものは美しい。某は美しきものを好む」

乱蝶は生まれて初めて身体に蕩《とろ》けるような疼《うず》きを感じた。

「男は誰でも好いた女の前では獣になる」

甚太郎の身体は硬く骨張っていたが、指も腕も腰さえもしなやかだ。

乳房に触れられると、胸の鼓動が止まってしまう気がした。

乱蝶には成し遂げねばならないことがある。だが、甚太郎と肌を寄せ合っている間は考えたくなかった。眼を閉じると幻が見えた。紺碧《こんぺき》の空に数多くの紫シジミ蝶が飛び交っている。小さな生命《いのち》で喜びを謳歌《おうか》し、精一杯に今を生きている。

――私も蝶となって大空を縦横無尽に飛び回ってみたい。

乱蝶はすべてを忘れて甚太郎にしがみついた。

抱き合ったままもつれるように二度、三度と草むらを転がった。

「あなたさまをもっと知りとうございます」

「知ってどうする？」

「私は罪人とされた者の娘。あなたさまは侍。立つ瀬が異なります。いずれは離れなければならぬ身です。せめてこの一時の喜びを心に刻みつけとう存じます」

「某とてそなたと大した変わりはない」

甚太郎は言葉尻を濁すように言った。

「もとの素性はわからぬのだ。幼い頃を覚えてはおらぬ。今より十年ほど前、某は身体中に火傷を負ってな、琵琶湖の畔を死にかかりながら彷徨《さまよ》っていたようだ」

甚太郎は遠くを見つめるような虚ろな眼をした。

「その時、助けてくれたのが、猪飼野甚介、今の義父《ちち》である」

乱蝶は何やら奇異な物を飲み込んだような気がした。

「生死のさかいを彷徨い、どれほどの時を過ごしたかわからぬ。だが、幸いなことに半年ばかりで傷は癒えた。当時、猪飼野家に子がなかった。それゆえ義父は某を猪飼野家の子として育ててくれたのだ」

乱蝶の胸が騒ぎ始めた。釈然としないものが残り、さらに問いかけた。

「それより前のことは？」

「まったく思い出せない」

乱蝶は背筋に冷水を浴びせられた気がした。

「猪飼野家には後に跡取りが生まれた。秀貞《ひでさだ》だ。某は嫡男として育てられたが、所詮は実の子ではない。だが、助けられた恩義がある。これからも猪飼野家のために尽くす。弟のためにも働かなければと思っている」

乱蝶は戸惑い、心が掻き乱された。

思わず甚太郎の着物の襟を摑んでグイッと拡げた。

左脇腹を見て驚愕した。幼い日、烏瓜を取ろうとした兄の慈築が木から落ちた際に出来た裂傷の跡が残っていたのだ。

乱蝶は息を呑んで身を震わせた。

「弟が猪飼野の家督を継げば、某はいつでも家を出られる。この乱れた戦が終わり、かりに某の命あらば、いずれはそなたと暮らすことも叶わぬわけではない」

甚太郎は露わになった乱蝶の乳房に熱い息を吹きかけてくる。

「いけませぬ。私の肌に触れてはなりませぬ」

心の奥底から悲鳴のような叫びを発し、乱蝶は両手で顔を覆った。

――無慈悲な……。

神や仏の悪戯か。束の間の女の喜びが瞬く間に打ち砕かれた気がした。

「あなたさまは私の兄です。幼い頃に別れ、死んだと言われた兄の慈築です」

背理《はいり》を呪った。

「なに？　戯れ言を」

「私は阿鹿です。秘草は阿兎。二人ともあなたさまの妹です」

乱蝶は甚太郎の身体を力一杯に押し退けた。

甚太郎は突然、様子が変わった乱蝶を訝しげに見ている。

「あなたさまは高梨慈順の子。私たちの兄の慈築なのです」

無我夢中で叫び、身を起こして走り出した。

「莫迦な……」

甚太郎の声が背中に突き刺さるように聞こえる。

――このまま契りを結べば獣になってしまう。

乱蝶は腰ひもを拾うのも忘れて我武者羅《がむしゃら》に駆けだし、その場から逃げた。

素肌に着物を羽織っただけのあられもない乱れ姿で走っていた。

裸同然の身で走る娘の姿を誰かが見たら狂女と思うだろう。一瞬、我に返ったものの衣の襟元や裾を合わせる心のゆとりはない。ただ闇雲に走った。

一度だけ振り返って見ると、甚太郎は瑠璃堂のわきで茫然と立ちすくんでいた。

どこをどう走ったのかわからない。瞳からぼろぼろと涙が流れ落ちてくる。心の臓が張り裂けそうだったが、破れても構わないと走り続けた。

斜面で足がもつれ、どっと転んだ。

草むらにうつ伏せに倒れたまま乱蝶はいつまでも泣き崩れていた。

数日後の夜、八瀬の里に春の嵐が吹く中、乱蝶は瑠璃堂に向かった。

八瀬口は相変わらず堅田の侍衆が警備を固めていたが、それを取り仕切っていた甚太郎は里から去ってしまった。

秘草も岩松も六郎も死んだはずの慈築が生きていたことに驚きを隠せずにいた。

甚太郎は岩松から話を聞かされたが、幼き日を思い出したりはしなかったようだ。

だが、高梨慈順の子であると悟ったらしかった。

甚太郎がどのような思いを抱いたのか、乱蝶にはわからない。いずれにせよ八瀬へは戻って来ないだろうと覚悟した。甚太郎とは二度と会えない。これからは別々の人生を送ることになるのだと思うとせつなさが込み上げ、心が沈んだ。

しかし、乱蝶は思った。

幼い頃、死んだと思っていた兄が生きていたのだ。兄は今、猪飼野家の嫡男として雄々しく生きている。そのことを喜ばないでどうする。

乱蝶は闇の中に一筋の光を見つけたような気がした。

いつまでも感傷に浸っていてはいけないと、自らを励まして夜空を見上げた。

瑠璃堂の周囲で風が激しく舞っている。白き桜花が闇に流れて乱れ散っている。

束の間、女になろうとした。その心を忘れようと全身で花吹雪を浴びた。

幼き頃、母に教えられた親鸞《しんらん》聖人の詠歌がふいによみがえった。

〝明日ありと　思う心の　あだ桜　夜半に嵐の　吹かぬものかは〟

そうなのだ。今までの出来事を悔《く》いるな。すでに終わったことだ。明日があるとも願うな。誰も明日の生死を知る者はいない。人も世もすべて移り変わる。いかなるものにも常などない。無常である。人はやがては死ぬ。今日かもしれない。明日かもしれない。死を忌み嫌って逃げてはいけない。今というこの刻《とき》を精一杯生きるしかないのだ。

桜の花びらがすべて散り果てるまで、乱蝶は風の荒れ狂う闇の中に佇んでいた。

六

まばゆい陽の光が八瀬の里に降りそそぎ、春も終わりに近づいていた。

甚太郎との出逢いと別れがよみがえる。しこりが残らないと言えば嘘になる。

だが、忘れようと心に決めた。

何事も始《と》まりがあれば終わりもある。揺らぐ心を打ち消した。迷いはもうない。

死を賭して修徳衆に挑むしかないのだ。

五月になると八瀬の人たちはせわしなく日々を送り始めた。

八瀬童子は日吉社で催される小五月会《こさつきえ》に奉仕しなければならない。

毎年の神事の準備で里人たちは忙しそうだ。

一和尚《いちばんじよう》、二和尚《にばんじよう》、三和尚《さんばんじよう》と呼ばれる人たちや老分衆の合議で村の自治は保たれている。

合議で役を与えられた岩松と六郎も日吉社に出かけることが多くなった。

織田信長が比叡山を攻めるという噂を折に触れて聞いたが、それが真なのか、単なる風聞なのかはわからない。

秘草は相変わらず慕い人を忘れられないのか、京の方角の空を眺めている。

乱蝶は新たな決行をいつにするかばかりを考え、さらに数日を過ごし、ついに雨の降りしきる朝、京に行こうと決意した。

今までに盗み返した白天目、木彫阿弥陀仏像、胡銅の花入、雪村の掛け軸、青磁の花入、菱の盆香箱、肩衝の茶入の七点は六郎の家に隠してある。

取り返すべき父の遺品は残り六点で、すべてを手に入れたら八瀬に小さな祠を建て、父母を偲《しの》びつつ納めるつもりだ。

幸いにも修徳衆や修羅鬼たちに素顔を見られてはいない。愛宕徳三郎の館を探り、今度こそ唐茶碗を盗んでみせると、亡き父母に誓った。

岩松も六郎も日吉社に行って不在だ。秘草は近くの小屋で細工物に熱中している。

乱蝶は蓑を身につけ、忍び装束一式を麻袋に入れて雨の中へと飛び出した。

雨に比叡の峰の杉生が潤いを増したように見える。

沙羅双樹《さらそうじゅ》の花が咲き始めていた。降りしきる雨と緑の樹々の中にくっきりと浮き上がる白い花は、乱蝶の不安を洗い流し、望みを叶えてくれるように思えた。

途中に堅田の警護兵がいたが、獣道を辿って見つからずに通り過ぎる。

高野川沿いを下って大原口に辿り着く。京の町が見えると、なぜか心が華やいだ。

鴨川をさらに南に進んで四条通りに出た。住まいだった扇の店に我知らず足が向く。

店は焼かれてはいなかったが、胡乱《うろん》な男たちがたむろしていた。

乱蝶が戻って来た時のことを考えて見張っているのだ。

そのまま京極通りに向かった。愛宕徳三郎の土倉と酒屋は大店であり、隣接する徳三郎一家の住む敷地は広大だ。屋敷門には無頼の徒と思われる男が警護している。

忍び込むのは危険を伴うと感じたが、逸る心は抑えられない。

今宵に決行しようと、夜が更けるのを待った。

夜半に雨があがると、薄暗い森の奥深くで忍び装束に着替えた。

下帯、上衣、袴、胴締、手甲、忍び頭巾、足袋、草鞋、脛巾《はばき》と身につけながら決意を固めた。

雨上がりの夜はことのほか樹々の葉が噎《む》せかえるように匂い立ってくる。

乱蝶は夜の京極通りを走った。

徳三郎は唐茶碗を屋敷のどこにしまっているのか、忍び込んでみなければわからない。眼のつくところに飾られていればよいのだが、と、かすかな望みに賭けるしかない。心許ない仕儀だが、今年に入ってひとつも盗めていないと思うと焦りが生じる。

虎穴《こけつ》に入らずんば虎子《こじ》を得ず。成るがままに任せるしかないと、ありふれた思いを抱きながら愛宕徳三郎の屋敷に近づいて行った。

その時、いきなり「グエッ！」と、獣が吠えるような声が聞こえた。

闇を透かし見ると、今しも僧兵姿の巨体の男が血反吐を吐いて倒れた。

次の瞬間、忍び装束の人影が夜の闇に浮かび上がった。

乱蝶は眼を瞠った。人影は幾度か会った忍びの女だと瞬時に悟った。

直後、無頼の男たちが繁みから躍り出て、忍び女を取り囲んだ。忍び女は繁みに男たちが隠れていたことを知らなかったのか、一瞬、うろたえたように身構えた。

「てめえ、何奴だ？」

無頼の男の一人が叫び、六尺棒で襲いかかった。忍び女は身をかわして避けたが、体勢を崩した。その瞬時の隙を突いて、別の男たちが次々と縄を打った。縄のひとつが首に巻きつき、忍び女はよろけて倒れかかった。

乱蝶は思わず走っていた。なぜ渦中に飛び込んで行ったのかわからない。一人の女に群がって狼藉を働く男たちが許せなかったのかもしれない。

乱蝶は小剣を抜いて忍び女の首に絡みついた縄を断ち切った。

「逃げろ」

声をかけると、忍び女はいきなり現れた乱蝶に戸惑ったようだが、すぐに体勢を立て直し、脱兎《だっと》のごとく走りだした。

「仲間がいやがったか?」

今度は乱蝶が無頼の男たちに取り囲まれた。

もはや愛宕徳三郎の屋敷に忍び込むどころではない。

男たちの包囲を搔いくぐり、この場から一刻も早く去らねばならない。

その時、夜空に花火が上がった。ドーン! と小気味よい音がして火の粉が輝いた。

一瞬、男たちが花火に目を奪われる。

乱蝶は咄嗟に懐から鉤縄を取り出し、大木に向かって投げた。鉤が弧を描いて飛び、樹の太い枝に絡みつく。すばやく鉤縄を手繰って跳んだ。樹の上に取りつけば、後は樹から樹へと飛び移って逃げることが出来る。そう思った途端、後頭部にガツンと衝撃を受け、激痛が走り、どっと草むらに落下した。

意識を失ってどれほど倒れていたのかわからない。

気づくと暗い木立の中に棍棒を持った巨体の男が仁王立ちしていた。

それは忘れもしない吹雪の坂本で襲いかかってきた修羅鬼であった。

乱蝶は悪い夢を見ているような気がした。

夢の中で修羅鬼に首を締められていた。苦しみから逃れようと懸命に身体をバタバタと動かして眼が覚めた。

思うままに動けない。両腕を頭の上で縛られ、岩壁に打った鉄輪《かなわ》に括られた縄で身体を吊るされていた。そこは薄暗い洞穴の中だった。土牢だとすぐにわかった。目の前には格子の鉄扉が見えた。そこの他はどこもかしこも土と岩で覆われている。鉄扉の所だけしか出口はないと知れた。土の床には筵が敷いてある。湿った黴《かび》臭い臭いが鼻をついてくる。忍び頭巾は外され、顔が露わになっていた。手甲も脛巾《はばき》も身につけていない。足袋も草鞋も脱がされて素足のままだった。

乱蝶は身体を振り、海老のようにしならせ、縛られた両腕に両足を絡みつけた。足の指で縄を外そうと幾度も試みた。だが、固く結ばれた縄を解くことは出来ない。

「無様な姿だ」

いきなり野太い声がした。

鉄扉の方を見ると、修羅鬼と三人の男が錠を開けて入ってきた。修羅鬼に従う男は愛宕徳三郎の屋敷近くで乱蝶を取り囲んだ者のうちの三人だった。

「乱蝶、ずいぶんと手こずらせてくれやがったな」

ざんばら髪の男が皮肉な笑みを浮かべて言った。

「扇の店を隠れ家にしやがって、ふてえ女《あま》だ。近隣の者に聞いて顔形を確かめたぜ。てめえが乱蝶だってことはわかってる」

ざんばら髪の男は間近に迫り、臭《くさ》い息を吹きかけてくる。

不快を抱いて顔を逸らすと、節くれだった手でグイッと顎を持ち上げられた。

「坊蓮鬼さまを殺した奴は誰だ。てめえの仲間だろう。言え！」

乱蝶の脳裏に血反吐を吐いて倒れた僧兵姿の巨体男がよみがえった。昨夜、忍び女に殺されたのは坊蓮鬼という者に違いない。

あの忍び女は閻魔の眼の一味なのに、なぜ仲間を殺したのか、訝しく思った。

「吐きやがれ！」

ざんばら髪に頬を平手打ちされた。両手を縛られているので抗うことはできない。

「取り囲みながら正体もわからずにみすみす逃がしてしまう。閻魔の眼も噂ほど凄腕の人ばかりではないようですね」

「女郎《めろう》！」

三人の男が同時に叫んだ。

「喚くんじゃねえ」

修羅鬼が制して三人の男を睨み付けた。

「お前たち、坊蓮鬼を殺《や》った奴を見たのだろう」

「しかと」

「確かに女でした」

三人の男たちは脅えるように応えた。

「みすみす逃がすとは、使いものにならぬ輩ばかりだ」

修羅鬼は不満げに鼻を鳴らした。

あの時、男たちは忍び女が誰だったのか、わからなかったようだ。閻魔の眼の者でも下っ端は忍び女の存在を知らないらしい。修羅鬼が殺害現場を見ていれば、誰だかわかるはずである。後から駆けつけたので見なかったのだと、乱蝶は思った。

修羅鬼は棍棒をブンと一振りして乱蝶に迫った。

「比叡の風とはおまえだけではないのか？　他にもいるのか？」

棍棒をグイッと胸元に突きつけられる。

「その女、妹なのか？　京の町で暮らしていた妹はどこにいる？」

バシッと顔を殴られた。乱蝶は思わず唇を嚙みしめた。左頰が焼けるように熱い。

生温い液がツツーと頰を伝って流れた。口内から溢れた血だとわかった。

「てめえと一緒に八瀬から来たのはわかっている。秘草って名を変えてな」

「そうなのですか？」

乱蝶が惚けると、

「ふざけるな」

ざんばら髪が怒り狂い、横合いから太棒で打擲《ちょうちゃく》してきた。

「手加減は無用です。一息に殺しなさい」

覚悟を決めて告げると、再び、太棒でガツンと骨が砕けるほどに肩を叩かれた。

「八瀬にはてめえの仲間がいるんだろう。そいつらの名を言え」

今度は背中を打たれ、息が止まりそうになったが、気丈にフッと笑って見せる。

「何がおかしい？」

「父と母が死んだ後、私は天涯孤独《てんがいこどく》で暮らしてきた。煩わしい仲間など要りません」

「ほざいたな。その減らず口、いずれはきけなくしてやる」

その後、数度に亘り、太棒を振り下ろされた。

修羅鬼は表情を変えずに見ている。残忍な打擲は恐怖を煽るためのものだ。

叩かれるたびに乱蝶は身体をくねらせて苦痛に呻いた。だが、声はあげなかった。

「強情な女だ」

乱れた胴衣からのぞく白い肌をざんばら髪に好色な眼で見られた。

直後、襟元をグイッと拡げられ、乱蝶の艶やかな乳房のひとつが露わになった。

「仲間の名を言うのだ」

ざんばら髪の無骨な手で左の乳房を強く握られた。

柔肌に男の爪が食い込んでくる。

痛みよりも恥ずかしさに乱蝶は唇を嚙みしめた。

男たちはそれを見てゲラゲラと笑っている。乱蝶を犯すつもりはないらしい。しどけない姿を視姦する。そのほうが女は屈辱を感じる。そのことを知っているようだ。

「もっと恥ずかしい思いをさせてやろうか?」

ざんばら髪が乱蝶の上衣を引き裂こうとすると、修羅鬼が止めた。

「この女の肌に触れるんじゃねえ」

ざんばら髪が訝しげに振り向くと、修羅鬼は吊るされたままの乱蝶に近寄った。

「いい度胸をしているな」

不遜な笑みを浮かべながら修羅鬼は土牢に転がる小石を幾つか拾い、乱蝶の右足の五本の指の間に挟み入れ、グイッと強く握った。

「指を一本一本、握り潰してもいいんだぜ」

足の指と指の間に激痛が走り、乱蝶は苦痛のうめき声を発した。

「さあ、仲間の名を言え」

修羅鬼は拷問を楽しむかのように言った。

「吐きやがれ。吐かねえか」

指の間に小石が食い込み、骨が砕けるかのようだ。

意識が朦朧《もうろう》としてくる。すると、桶に入れた水をバシャッと顔に浴びせられた。

髪が濡れて水滴が流れ落ちていく。

乱蝶が懸命に堪えていると、修羅鬼はチッと舌打ちした。

「今日はこれまでだ」

それから三人の男を見回した。

「しばらくは生かしておけ！　八瀬の里に噂を流すのだ。やがて仲間が必ず助けに来る。その時こそ、一網打尽にしてやる」

修羅鬼が牢から去ろうとすると、男の一人がすり寄った。

「この女、さんざ俺らを手こずらせやがった。嬲《なぶ》ってやらなきゃ気がすまねえ」

別の男も舌なめずりをして、充血した眼で露わになった乱蝶の乳房を見やった。

「いい身体をしてるじゃねえですか。一人ずつ楽しませて貰いてぇです」

「そうすりゃあ、すべて吐くかもしれませんぜ」

ざんばら髪も同調した。

だが、修羅鬼は怒りの形相《ぎょうそう》を三人に向けた。

「駄目だ。ある人が一人で会うと言っている。それまでは手を出すな！」

三人は戸惑った顔をしたが、修羅鬼に怖じ気づき、それ以上は何も言わなかった。

――〝ある人〟とは誰なのか？

修羅鬼たちが去った後、考えてみたが、乱蝶にはわからなかった。

ぼんやりと周囲を見回す。牢は土や岩の壁で囲まれている。洞穴から抜け出るなど到底できそうもない。助かる望みはまったくないと知り、無力感を抱いた。

少しばかりまどろんだような気がする。

目を覚ますと、土牢に夕陽が差し込んでいた。敷かれた筵に鉄扉の格子模様が映っている。その影が揺らいだ。鉄扉が開けられたのだ。

顔をあげると、袈裟を着た男がのっそりと入ってきた。

禅示坊だった。

「乱蝶、いや、阿鹿さま、お久しぶりでお目にかかりますな」

禅示坊は穏やかな声音で言い、丁寧に頭を下げた。

「かれこれ十年ほどになりますかな。美しゅうなられました。喜ばしい限りです」

両腕を縛られて吊るされた乱蝶を真正面から見据えている。

乱蝶は眼を逸らさずに禅示坊の顔を直視した。

「父君の慈順さまにはたいそうお世話になりました。身分の低い拙僧は寺域の雑務を行なうしかありません。そのような私にお目をかけてくださったのは慈順さまです。お蔭さまで拙僧も今は京でつつがなく過ごさせていただいております」

「数々の悪行を働いたゆえにですね」

乱蝶は口をきくまいと思ったが、怒りが込み上げて我知らず声を発した。常日頃、感じていた思いを言の葉にのせてしまった。

人の業の弱さなのかもしれない。

「悪行ですか。多少は致し方ありません。犬神人の雑務のひとつに警備があります。武器を携行し、荒くれた仕事をせねばならない場合もあります。それを悪行と詰られれば、私は甘んじて受け入れざるを得ないでしょう」

「他人の財産を掠め取り、逆らう者を抹殺する。藤堂佐久兵衛さまや家族を殺したのもあなたですね。仏法に反する行ないです」

禅示坊の語りに巻き込まれていると、思ったが、言わずにはいられなかった。

「ふふふっ……なんとでもおっしゃい。拙僧が浅薄なれば、比叡、いや、いかなる国の坊主も同じようなもの。朝廷、将軍、有力武将など利用できる者に媚を売り、莫大な献上品、賄賂を贈って自らの思いのままに動き、地位を築き、私腹を肥やす。高僧と崇められながら仏教の教義などまるで知らない。比叡の中には髪を剃らずに好色に耽る者もいたりする。下層で生まれ育った私はそのような僧たちに憤りを感じたものです」

父の慈順も同じような考えを持っていた。

一部の堕落した僧たちに憤りを感じていた。時には僧侶を戒《いまし》めたこともある。幼き日、父の憂い顔を乱蝶は幾度も見ていた。

禅示坊が父と同じ思いを持ったのならば、なぜ道心を失って悪道に走ったのか。

乱蝶は責め咎《とが》めようとしたが、無駄だと思って何も言わなかった。

「そなたは母御の阿夢殿に瓜《うり》二つじゃ」

水に濡れた乱蝶の髪を禅示坊は愛おしそうに手で掻き上げた。

「私は阿夢殿を敬っておりました。幼い頃より犬神人と莫迦にされていた私ですが、阿夢殿だけは違いました。何人《なんびと》とも分け隔てなく接してくださった。敬う心がいつしか変わっていった。私は阿夢殿を心よりお慕いするようになった」

禅示坊が何を言おうとしているのか、乱蝶は胸に騒ぎを覚えた。

「しかし、阿夢殿は私の思いを拒んだ」

一瞬だったが、禅示坊の眼に憎しみの翳りが浮かんだ。

「一度だけでよい。抱かせて欲しい。私は願ったが、受け入れてもらえなかった。慈順さまが留守の折り、執拗に迫った。しかし、最後まで抗われた。私は思いを遂げられなかった。その時の阿夢殿の眼は今でも忘れられない。冷たい蔑みの眼だった」

当たり前だと乱蝶は思う。

「それ以後、阿夢殿は私に一言も口をきかなくなった」

禅示坊は遠い記憶を辿るかのようにつぶやき、乱蝶の顎に手を置き、顔を持ち上げた。

「身悶えすべき唯一の屈辱……初めて深い闇の底に落とされた気がしたものだよ」

恨みがましい眼で乱蝶を睨んでいる。

「その憎しみゆえに蓮融さま殺しの罪を父に擦りつけたのですね」

乱蝶は抱いていた疑いの核心に迫った。

「異なことを。蓮融さまを殺したのは慈順としか考えられぬ。阿夢殿とは別の話だ」

禅示坊は平然と言い放った。

――父の冤罪を仕組んだのは禅示坊であると自白させたい。

乱蝶はこだわった。

「私はあなたの手の中にあります。今、真のことを告げても私が死ねば誰にもわかりません。お願いです。応えてください」

しょせんは殺される身。その前にせめて父が無実であることだけでも確かめたい。

乱蝶は懇願したが、無益だった。

「人殺しの親を持つ子はやはり悪の血を受け継いでおるようだ。比叡の風などと不遜に名乗り、世情を騒がせた。不届きだ。阿夢殿も草葉の陰で嘆いておられよう」

いきなり鉄輪に括りつけた縄が外され、身体を押されて筵の上に転がされた。

両腕を縛られたままの乱蝶を見下し、禅示坊は唇をゆがませて笑っている。

乱蝶は視線を逸らすべく身体を反転させてうつ伏せになった。

「眼を逸らすでない」

禅示坊は乱蝶の腰に手を添え、無理やり身体を向き直させた。

拒もうとしたが、縛られているので抗えず、再び、仰向けにされる。

「拙僧の顔をよく見るのだ」

乱蝶の両肩を押さえ、のしかかってくる。

「拙僧はな。親のない児、孤独な老人、病人や身体が不自由な者たちのために多額の銭を費やして救ってやっておる。人の一生は無常である。それを知り得たからこそ、善き行ないに心を注いでいるのだ。おまえも悟れ。迷いを忘れて心を開くのだ」

禅示坊は唱えながら乱蝶が身につけた袴を脱がそうとする。

乱蝶は暴れたが、胴締と下帯を解かれ、袴をずり下げられた。縛られた両腕の縄を解こうと必死になったが、外れない。足をばたつかせて抗うと、禅示坊はビリッと布の一部を破り、情け容赦なく袴を剝ぎ取った。

白く艶やかな尻や腿《もも》が露わになる。

「そそる尻をしているな。肉づきがよい。腿もしなやかだ」

乱蝶は禅示坊の脚を力一杯に蹴りあげた。

「ふむ。蹴りの力も女とは思えぬ。それに長い脚……驚かされたぞ」

両足首を鷲摑みにされ、脚を左右に大きく拡げられる。

乱蝶は恥じらいに身を捩《よじ》った。

「ふふふっ……恥ずかしいか。そのはにかむ顔で男をどれほど誑《たぶら》かしてきたのだ」

両腿の間に顔を近づけ、フッと息を吹きかけてくる。

「もっとよく眺めさせてくれ」

乱蝶は狼狽《ろうばい》した。

「拙僧がもう少し若ければ、萌えいずる若草の中で遊び戯れたものを」

乱蝶はあえて悲愴な声をあげなかった。弱みを見せれば相手を増長させ、優越感に浸らせるだけだと思い、静かな声で言った。

「欲心を満たす道具にすぎないのですね。私でなくとも誰でもよいのでしょう」

「欲心だと？　ふふふ……煩悩《ぼんのう》などではない。それにな、女なら誰でもよいわけではない。おまえでなければならないのだ」

「母の身代わりですか？」

「違う。阿夢殿ではない」

禅示坊の眼が異様に光った。

「比叡の風、罪深きおまえそのものである」

四十歳に近いが、禅示坊の身体は、逞《たくま》しく引き締まっている。

「おまえは男に穢されたことがあるか？　いいや、盗みを働くおまえはすでに心と身体《からだ》を自らで穢しておる。神仏の代わりに拙僧が裁きをしてやろう」

露わになった乱蝶の身体を舐めるように見ている。

もはや辱《はずかし》めに打ちかつ術はない。ただひたすら相手を軽蔑するしかない。

乱蝶は覚悟した。

舌を嚙み切って死のうとも考えたが、父の冤罪を晴らしたい思いが募った。

「あなたが父を罪に陥れたのでしょう。蓮融さまを殺したのは修羅鬼なのですね」

禅示坊は嗤って、

「おまえは煩悩に苦しんでおる。貪《とん》、瞋《しん》、痴《ち》の三毒を根本とする妄念を打ち払わねば、苦しみは消えぬのだ。よいか、物を貪《むさぼ》り欲しがるな。おのれの心と裏腹のものに対して瞋《いか》り抱いて恨むでない。痴愚に怠《なま》けず、心正しき見かたをして真理を探るのだ」

　呪文のごとく唱えた。

　禅示坊は乱蝶の潤いのある肌や白く膨らんだ乳房にはいっさい触れようとしない。ひたすら蔑みの眼で見るだけだ。女人に対する慈しみなどは毛頭無い。若き娘を辱める底意地の悪さだけが感じられた。

「今宵、拙僧を不動明王《ふどうみようおう》と思え。不動明王は魔羅《まら》のごとき恐ろしき形をしておる。なぜだかわかるか。煩悩を持つ者の障害を焼き払い、悪魔を降伏《ごうぶく》させ、菩提《ぼだい》を成就させてくれるからだ。おまえが煩悩を断ち切るためには降魔の相の不動明王がふさわしいのだ。今こそ大いなる決断と覚悟を擁《よう》せねばならぬ。不動明王と正面から向き合い、煩悩を断つのだ」

　禅示坊は数珠を振り上げた。

「心を無にして裁きを受けよ。盗みの罪を贖《あがな》え……身を清め……心を洗え……喝！」

　禅示坊は数珠を振り下ろし、獣のような雄叫びをあげた。

「生きていくうえで疑う余地のない幸せがひとつだけある。それはな、罪深き者の煩悩を消し去り、その者に施しを与えた時だ。わっはははははは……」

　禅示坊は血走った眼で勝ち誇ったように高笑いした。

――母の代わりに私を辱めるのか……。

母は常に経を唱えていた。地獄極楽、因果応報を説く僧侶の話を聞き、時にはうなずき、時には女を卑しめていると憤ったりもした。

幼い阿鹿に親鸞聖人の話などをしてくれた。

「人は男も女もわけへだてはありません。聖人は〝虐げられた人にこそ救いの手を差し伸べねばならない〟と、諭しているのです」

折に触れて語ってくれたものだ。

阿鹿は母を敬っていた。大人になったら母のように心優しくおおらかで自らの考えをきっぱりと言える女になりたいと思っていた。

そんな母を卑しめようとした禅示坊に対して心の底から怒りが込み上げてくる。

泣く気にはなれなかった。

心の痛みと虚しさ。

父の無実の罪を晴らせなかったという堪え難い事実だけが残った。

修徳衆に挑もうとした迂闊なおのれに腹が立った。

――今まで何をしていたのだろう。

悪寒がして鳥肌がたった。

その後、乱蝶は何度も吐いた。

〝死〟の文字が心に浮かんだ時、幼い頃に諭された母の声がよみがえった。

「阿鹿、いかなる事態が起きようと、死のうなどと考えてはなりません。取り乱すことのないよう常に心を磨いておくのです」

――自ら死を選んではならない。

――現《うつつ》から眼を逸らさず、揺るぎなく生きるしかない。

母の教えを心に受け止め、命ある限り生き続けようと自らに誓った。

それから十日の間、禅示坊は一日おきにやって来た。

だが、乱蝶の身体には一切触れず、意地悪く裸身を舐めるように見るだけだった。

若き女にとって、それこそが屈辱であることを知っているかのようだ。

「父を罪に陥れたのはあなたですね」

乱蝶は自白をさせようと執拗に迫った。

だが、まったく無視され、その度《たび》に指一本も触れぬまま辱めを受けた。

七

修羅鬼は苛立っていた。

螢火を八瀬に送り込み、白川沿いの洞に乱蝶が捕らわれていると噂を流させた。

それから十日以上が経っている。

それにも拘わらず八瀬の男たちが動いた様子はない。

修徳院の建つ広大な敷地の裏山には多くの見張りを立てている。切り立った崖の中腹に土牢がある。その近辺を不審な者がうろついているという報告はいっこうにない。

「助けに来る者が必ずいるはずだ。てめえら監視をなまけてるんじゃねえだろうな」

部下たちの前で棍棒を振りながら修羅鬼は荒れ狂った。

そんな折り、吉報がもたらされた。

地中に横穴が掘られ、土牢の近くまで延びていると、螢火が知らせて来たのだ。

修羅鬼は伊餓鬼や破剣鬼など多くの荒くれ者たちを伴い、螢火に導かれて白川沿いの雑木林に分け入った。そこは土牢のある洞から百間ほど離れた繁みの中だった。

所々に盛り土の山が幾つもある。掘り出した土を積んだのだとすぐにわかった。

「ここです」

螢火が繁みの一カ所を指さした。そこは枯れ木や草に覆われていたが、除けて見ると、下に人が潜り込めるほどの穴がぽっかりと開いている。

「これは！」

配下の者ばかりではない、修羅鬼でさえ思わず驚きの声をあげた。

「下は横穴になっています。土牢の近くまで延びているのを確かめました」

見つけたのは自分だと、手柄を吹聴するかのように螢火は胸を張っている。

「どれほどの数の者たちで掘っているのかはわかりません。ですが、後わずかで穴は土牢の下に届きましょう」

部下の一人を穴に潜らせて確かめさせると、螢火の言ったとおりだった。

「まさか、地中から助け出そうとしているとはな」

伊餓鬼がぼそりとつぶやく。

「螢火、よくぞ見抜いた」

破剣鬼が笑みを浮かべた。螢火を閻魔の眼に入れたという自負心が漲《みなぎ》っている。

修羅鬼は何も言わなかった。

十日ほど前の夜、愛宕徳三郎の屋敷近くで坊蓮鬼を殺した忍び装束の女とは螢火ではないのか。微《かす》かにそのような疑いを持っていたからだ。

だが、横穴を見つけたのは手柄であると認めざるを得ない。見つけるのが一日でも遅れていたら乱蝶に逃げられていたかもしれない。

「野郎ども、繁みに散れ。穴掘人たちが現れたら皆殺しにしろ」

修羅鬼の声に一同は呼応し、穴の周辺の藪の中に潜んだ。乱蝶を助けに来た処を一網打尽にする。相手は多くても十人ほどと見積もった。破剣鬼とその配下の者を動員し、総勢二十人もいれば争いになっても充分にこと足りる。万一の場合を考え、伊餓鬼たち配下の者には土牢の入口近辺の警戒をさせることも忘れなかった。

配置を済ませると修羅鬼は一息ついた。

夕暮れの空に数多くの蝙蝠《こうもり》が飛び交っている。

まるで黒い礫をまき散らしたかのようだ。

やがて陽が低く傾き、空が赤銅色に染まって辺りが薄暗くなってくる。

修羅鬼は手ぐすねひいて待っていた。

だが、穴掘人と思われる者はいっこうに現れない。

夜の帳《とばり》が下り、木立の中は微かな月明かりだけとなった。

「奴ら、俺たちが隠れていることに気づきやがったのですかね」

破剣鬼が焦れたように言った。

「それはねえ。真夜中か、あるいは夜明け前が勝負だ」

乱蝶を助けに仲間は必ず来ると修羅鬼は確信している。

幾度か土牢の前に使いを走らせると、異状はないと報告が返って来た。

乱蝶は憔悴《しょうすい》しきって筵の上に横になったままのようだ。

禅示坊がどのような折檻《せっかん》をくわえたのか、修羅鬼にはわからない。さっさと殺してしまえばよいと、心の片隅で思ったりもした。しかし、比叡の風には仲間がいる。一味を根絶やしにしなければ後に禍根を残す。決着をつけるのは今夜だ。

修羅鬼は穴を掘りにきた男たちを次々と殺戮《さつりく》する光景を脳裏に浮かべた。

――俺は兄者ほど残忍ではねえぞ。

思わず苦笑した。しかし、幾ら待っても繁みには誰も現れない。

夜がしらじらと明けてくる。

「どうしたことだ？」

首を傾げた。その時、伊餓鬼の配下の者が息せき切って走り込んできた。

「おおごとです。土牢に乱蝶の姿が見えません。消えてしまった」

「なんだと？　莫迦な！」

修羅鬼は破剣鬼と配下の者を残し、土牢に向かって走った。

洞に着くと、切り立った崖の中腹に顔を強張らせた伊餓鬼が待っていた。

「女郎《めろう》の姿が消えただと？」

「忽然《こつぜん》と……」

震える声で応える伊餓鬼を尻目に修羅鬼は鉄扉の錠を開け、土牢に飛び込んだ。中に乱蝶の姿はない。筵を片っ端から捲《めく》ってみる。だが、どこにも地中に通じる穴など掘られていない。周囲の土壁や岩壁を調べたが、横穴も開いていない。鉄扉には錠がかかっていた。しかも土牢の前には幾人もの監視がいる。出口はないはずだ。

——何故、乱蝶の姿がない？　どこから抜け出した？

修羅鬼は狐《きつね》につままれた気がした。いろいろ考えたが、埒が明かない。先ほど筵を剝がした際、土砂が落ちていたことに気づき、もしやと思って天井を見上げた。

「しまった」

顔がみるみる強張った。頭上に人が抜け出られるほどの穴が空いていたのだ。地中の横穴は欺《あざむ》きだった。地下から助けると思わせて、わざと見つかるように仕組み、警戒の眼をそちらに向けさせた。だが、実は密かに崖の斜め上から縦に穴を掘り下げて天井側から乱蝶を吊って助け出したのだ。

「やられた！」

修羅鬼は絶句し、しばし茫然と立ちすくんだ。

「探せ、まだ近くを逃げているかもしれんぞ。取っ捕まえるんだ」

慌てふためいた伊餓鬼の叫び声が聞こえたが、修羅鬼は無駄だと思った。

こめかみに癇癖《かんぺき》の青筋を浮かせて修羅鬼はその場にうずくまった。


螢火は借りを返したと思った。

愛宕徳三郎の屋敷近くで坊蓮鬼を殺した時のことが苦々しくよみがえる。

迂闊にも無頼の者たちに取り囲まれたのだ。羽羅鬼の時と同じように言葉巧みに誘い出せば坊蓮鬼は一人で外出すると思った。護衛の者が繁みに隠れていたのは想定外であり、首に投げ縄を巻かれた際は流石《さすが》にたじろいだ。

正体がばれたら復讐は途中で頓挫《とんざ》してしまう。

焦りを感じた時、危機を救ってくれたのが乱蝶だった。

どうして助けてくれたのか、わからなかったが、とりあえず逃げた。しかし、後から駆けつけた修羅鬼の投じた棍棒で逆に乱蝶が捕らえられてしまったのだ。〝間抜けな奴だ〟と嗤《わら》ったものの救われた借りは返さねば気が済まない。それですぐさま八瀬の住人に事の次第を知らせたのだ。

岩松は困惑したが、乱蝶を助け出す作戦をすぐさま練った。

それは地中に掘った横穴を見せかけにして崖の上から救出するというものだった。

その策に螢火は自ら一役買って出た。

頃合いを見計らって横穴のことを修羅鬼に知らせ、気をそらせたのだ。

作戦は成功し、乱蝶が救い出されたことで借りは返したと自らを納得させた。

羽羅鬼と坊蓮鬼の死。さらに時宜を得た螢火の横穴の知らせ。

修羅鬼はこれに不審を抱くに違いない。これ以上の猶予《ゆうよ》はならない。

残る復讐の的は禅示坊と修羅鬼だ。

一刻も早く二人を殺す機会を作らなければならないと、螢火の心は逸った。

八

乱蝶は身も心もぼろぼろだった。

六郎の部屋で寝ている間、何度もうわ言を発したらしい。

数日間、意識を戻さずに苦悶の顔をして眠り続けていたようだ。

眼を覚ますと、秘草が心配顔で見守ってくれていた。

「よかった……」

瞳から涙をぼろぼろ零れ落とす秘草を見て、乱蝶は〝すまない〟と心より詫びた。

その後、岩松に背負われ、竈風呂《かまぶろ》に連れて行かれた。

道中、岩松は何も言わない。人の繰り言など寄せつけない厳しさが感じられ、乱蝶はあえて口を開かなかった。

八瀬の竈風呂は多くの人に知られている。

病を患った京の公家たちも療養に来るほどだ。

青松葉などを焚き、熱せられた頃合いに火を掻きだし、塩水を撒いて蒸気を発生させ、床に敷かれた筵に横たわって身体を温める。いわゆる蒸し風呂である。

洞窟に入ると、むっとするような熱さで身体から玉のような汗が噴き出してくる。

一人でうずくまっていると、土牢での辱めが次々とよみがえった。

乱蝶はおぞましき体験を汗と共にすべて洗い流してしまいたいと思った。

それから何日もの間、乱蝶は竈風呂に通い、心と身体の傷を癒した。

その間、織田信長の動向が八瀬に入って来た。

信長はまもなく比叡山を襲うらしいと、八瀬の里の住人たちは眉を顰めている。

比叡の僧たちは堕落している。それゆえ襲うらしい。

〝精進潔斎を守らず、魚鳥を料理して軍兵をもてなし、女人結界を破って淫欲をこととし、諸将に興す。これひとえに極悪無慚《むざん》の行作《ぎようさ》をもって、破滅の業果を招くに違いない〟

信長はこのように非難して攻めることを正当化している。だが、実際は昨年、信長の要求を受け入れなかった叡山への怒りと憎しみの鬱憤《うつぷん》を晴らすのが目的なのだ。

信長の身勝手な思いに乱蝶は憤った。

比叡山の僧のすべてが堕落しているわけではない。厳しい修行に堪え、勉学に励む僧たちは多い。一度も山から下りず、俗芸に拘わらず、いっさいの雑事を離れ、もっぱら修行に打ち込む僧もいる。おのれの欲望を滅するために〝戒定慧《かいじようえ》〟を心に宿し、戒律を守り、瞑想を続け、智慧《ちえ》を磨こうと修行する若き僧たちは大勢いる。

比叡の僧侶すべてを〝堕落している〟と決めつける信長が許せなかった。

乱蝶の心は激しく揺らいだが、信長の暴挙を止める手立てはなにもない。

八瀬の森に蟬時雨《せみしぐれ》の降る八月も終わりに近づいたある日、身体の癒えた乱蝶は、再び禅示坊と渡り合わねばならないと決意を新たにした。

修徳衆は極悪非道を繰り返しているが、表立って取り締まる者がいない。大手を振って町を闊歩できるのだ。

殺《や》られる前に修徳衆を追い詰め、禅示坊を狩り出してみせる。

これが生まれついた宿命なのだ。

しかし、目論みが狂えば死を招く。

激しく鳴き立てる蟬の声を全身に浴びながら乱蝶は挑み心を高鳴らせた。


乱蝶はある秘策を胸に抱き、吉田兼和の住む吉田社を訪ねた。

頼れるのは兼和だけしかいなかった。

だが、願いを訴えると、冷たく突っぱねられた。

無理もない。

今、織田家と織田包囲網である敵との戦いは一進一退の状況である。

去る五月、小谷城から出陣した浅井軍に攻められ、織田軍は湖東の箕浦《みのうら》で戦った。苦戦したが、横山《よこやま》城から駆けつけた木下秀吉軍の活躍で辛くも勝利を得た。しかし、同じ五月の伊勢長島攻めでは一向一揆軍の反撃を受け、織田の武将、氏家卜全《うじいえぼくぜん》が討ち死に。さらに柴田勝家《しばたかついえ》までが負傷するという惨敗を喫した。

窮地に立つ織田家の武将が一介の小娘の秘策に協力してくれるはずはなかった。

それでも乱蝶は諦めなかった。

乱蝶は忍び装束で明智光秀の居る宇佐山城へと向かった。

近江に続く道を走りに走り、薄闇が迫った頃、宇佐山の麓に辿り着いた。

至るところに明智配下の侍たちの姿が見えたが、時には森に逃げ込み、繁みに潜んで身を隠した。さらに川を渡って細い道を登ると、宇佐山八幡宮が見えて来た。

ここから尾根を登ると曲輪《くるわ》が設けられている。

宇佐山城の縄張りには防御の堅堀、堀切などがあり、忍び込むのはたやすくない。

しかし、決死の勇を奮い起こした。

乱蝶は鬱蒼と繁る木立を抜け、高い石垣を懸命によじ登り、真夜中、ついに二の丸を臨む斜面に身を伏せた。

──明智光秀様を必ず見つけてみせる。

乱蝶は逸る心を抑え、夜を過ごした。

終日見張ったが、翌日もその次の日も光秀の姿を捉えることが出来ない。虚しい刻が二日、三日と続いた。

そして四日目の夜明け間近、ついに明智光秀が本丸から出た。

小姓二人を連れて二の丸に続く小道を下って来たのだ。

乱蝶は転げるように急斜面を駆け下り、明智光秀の前にひれ伏した。

「曲者！」

二人の小姓が光秀を庇いつつ剣を抜いた。

「明智のお殿様、お願い致したき儀がございます」

乱蝶が忍び頭巾を取ると、光秀は剣を振り上げた二人の小姓を止めた。

「小娘、名は確か……」

「乱蝶です」

乱蝶は平伏したまま心に描いた秘策を矢継ぎ早に光秀に告げた。

拒まれても仕方ない、打ち首になっても悔やまない。必死の覚悟だった。

光秀は乱蝶の秘策を聞くと、呆れたように高笑いして、

「これより無事に京へ帰れたならば、吉田社に行くがよい」

「……!!」

「みなぐれないの扇が傷《いた》んだ。代わりを探しておる」

ぼそりと言って二の丸に続く道を進んで行った。

乱蝶はただひたすら光秀の背に頭を下げ続けた。

山の端に陽がのぼりかけ、空が赤々と染まり始めた。
みなぐれないの扇とは軍扇のことだ。
乱蝶は紅地に金の日輪を描いた軍扇を作らねばならないと思った。
——兄様に逢いたい。
ふいに心が騒ぎ、堅田に住む猪飼野家に行こうと決意した。

第五章　光秀《みつひで》の軍扇

一

修徳院の広い庭に白萩のひと叢《むら》がある。

しだれ掛かった青い葉の中に数多くの白い花を咲かせている。小さな花のひとつひとつは清楚で、その貴《とうと》き風情が禅示坊の胸に沁み渡ってくる。

とりわけ黄昏《たそがれ》時になると、薄闇の中で白さがおぼろに浮かび上がって美しい。

やがて鈴虫が鳴き始め、夜空の月が鮮やかな輝きを増してくる。

禅示坊は夜の庭園を眺めながら初秋の訪れを満喫した。

乱蝶を逃してしまったのは修羅鬼の不手際であり、怒りはおさまらずにいる。

だが、辱《はずかし》めを与え、鬱憤を晴らした。これに懲りて、乱蝶は二度と逆らう真似はしないだろう。正体も顔もわかった。自らのそばには常に閻魔の眼を配して護衛させている。滅多なことで手出しは出来ないと、腹を括った。

九月に入って禅示坊のもとに吉報が舞い込んだ。

法衣をまとった徳の高そうな僧が訪れ、天台座主の文を携えてきたという。

天台宗の総本山、比叡山延暦寺の貫主《かんじゅ》で山の座主と呼ばれる覚恕《かくじょ》法親王は後奈良《ごなら》天皇の第三子で正親町《おおぎまち》天皇の皇弟だ。

そのような高貴な座主の使いが来るとは何事かと、禅示坊は文を開いた。

初めは通り一遍の挨拶だったが、続く文面に禅示坊は胸を躍らせた。

「修徳衆を興し、世のため人のためを考え、おのれを忘れて貧しき者を救いし道心。さらに悪事をおのれに向け、好き事を他者に与え、菩薩《ぼさつ》が教え導く心をまっとうせし敬虔《けいけん》な所行。貴僧は天台一乗を一途に修学し、高き僧格を為すべき輩《ともがら》である」

誉めそやす言葉が連ねてあり、比叡山の上座《じょうざ》、寺主《じしゅ》、都維那《つぃな》のいずれか三綱《さんごう》のひとつに推挙したいと書かれてあった。

上座は衆徒の上に座して法事などを司る。

寺主は堂宇の造営管理にあたる。

都維那は衆僧に法義を示し、日常の諸事を指揮する役職である。

幼い頃より蔑まれて暮らしてきた禅示坊にとって思いも寄らぬ推任の申し出だ。

「謹《つつし》みてお受けいたします」

喜びを押し隠し、平静を装いながら使いの僧に応えた。

使者が帰った後、禅示坊はただちに修羅鬼を呼び寄せ、興奮しながら文を見せた。

文字が読めない修羅鬼は怪訝な顔をしている。

「消えなんとする法灯をかかげ、絶えなんとする慧命《えみよう》を継がんこと、ただ禅示坊どの御時なるべしと、朝廷、一山、ともに掌《たなごころ》を合わせて願い奉る」

禅示坊が文面の終わりを読んで聞かせると、

「兄者、なんだそれは？」

修羅鬼は両腕を大げさに拡げて小馬鹿にした。

禅示坊は屹っとなった。

「織田信長の無法がまかり通り、法難、著《いちじる》しき折りだ。しかも叡山の多くの僧は腐り果てておる。今こそ仏法を尊び、物事を見極めた拙僧のような者に仏の道を説いて欲しい。そのように朝廷も比叡の高僧たちも願っておる。そう言うてきたのだ」

修羅鬼は鼻で嗤った。

「朝廷に銭をばらまいた見返りか」

仏法を蔑《ないがし》ろにしている禅示坊に対する大いなる皮肉が込められている。

「常日頃の修徳衆の篤信《とくしん》が認められたのだ」

「本心でそう思っているわけじゃねえだろう」

「うるさい。お前に言われずともわかっておる」

禅示坊は苦笑いした。

朝廷への多大な寄付の効果があった。やはり銭の力は偉大だと思った。

いまや朝廷は衰微して力はない。だが、申し出を受けておいて損はない。

織田信長でさえ浅井・朝倉軍や本願寺に包囲網を敷かれて苦境に立たされた時、朝廷に講和の綸旨を出させたようだ。まだまだ朝廷は利用価値がある。表向きは従ったふりをしておいたほうが得策だ。禅示坊はそう考えた。

門跡寺院では貴族の者が門主となる。坊官もまたしかりだ。上座、寺主、都維那も禅示坊には到底望めぬと思っていた役職だ。

権勢欲がむらむらと湧いてくる。裏では銭の力で闇社会を牛耳る。表では権威を得て名誉欲を満たす。自らの夢が着々と成し遂げられつつある。

身体の奥底からふつふつとうれしさが込みあがり、禅示坊は満足感に酔いしれた。

――やがては殿上人にまでのぼりつめてやる。

三綱のうちのどれを受けようかと迷いつつ心が躍った。

「修羅鬼、お前も一緒に坂本へ出張ってくれ。三綱いずれかの推任儀式を十二日に日吉社で執り行なうのだ。座主はお山に住まうことはあまりない。大事な修法や儀式の時のみ入山するのが習わしだ。だがな、当日は覚恕法親王がじきじき巳《み》の刻（午前十時）に日吉社にお越しになられる。その際の警護を頼みたい」

「嫌だ」

修羅鬼は即座に応えた。

「兄者はなにもわかってねえぞ。その文は怪しげな匂いがするぜ。織田信長が比叡山を襲うという噂を聞いているだろう。どれほど偉い役を貰えるのか俺は知らねえ。だがな、地位を与えられた途端、織田軍襲来の防御の矢面に立たされるに違《ちげ》えねえ。山にのぼれば兄者はきっと騒乱に巻き込まれる。今、山に行くのは危ねえぜ」

「それしきの気がかりは承知のうえだ。私はそれを逆手に取ろうと思っておるのだ」

「なんだと？」

「今、叡山の混乱を私が治めれば〝叡山に禅示坊あり〟と噂が広がる。逆境にある時こそ光明を見いだせる好機となるのだ。それにな、比叡山延暦寺は王城鎮護《おうじょうちんご》の聖地と崇められておる。いかに傲慢な武将でも滅多に襲えるものではない。僧を殺せば七代まで祟《たた》るという言い伝えさえある。織田信長といえども手出しは出来ぬ」

これには修羅鬼もうなずかざるを得なかった。延暦寺は朝廷と密接な関わりがある。いくらなんでも朝廷を蔑ろにして比叡山を襲撃するなど考えられない。

「ならば数多くの鉄炮を揃えてくれ」

話の飛躍に禅示坊は戸惑った。

「鉄炮だと？」

「そうだ。たかが八瀬の里ごときを俺たちが襲えないのはなぜだ？　八瀬口に多くの鉄炮を持った織田の兵がいるからだ。荒くれ者を幾ら揃えても鉄炮には勝てねえ。奴らと戦うために閻魔の眼も数多くの鉄炮を持たなくちゃならねえ」

「お前は何もわかっておらぬ。修徳衆はまっとうな宗派であり、商人組織である。それを支える閻魔の眼は裏で動くだけだ。修徳衆に逆らう者を密かに闇に葬ればよい。愚かな武将たちのように合戦をする必要はない。それゆえ鉄炮などはいらぬ」

「その道理、通らねえ時が必ず来るぜ」

修羅鬼は舌打ちして立ち上がった。

「修羅鬼、頼れるのは弟のお前だけだ。私の晴れ姿をお前に見て欲しいのだ」

禅示坊が眼に涙を滲ませて訴えると、修羅鬼は情にほだされかけた。

幼い頃より苦労を共にし、何かにつけて面倒を見て庇い続けてくれた兄である。

だが、この時ばかりは素直にうなずけないわだかまりを感じた。

「兄者は兄者、俺は俺。気の向くままに動くしかねえだろう」

結局、物別れとなり、修羅鬼はその場を立ち去った。

修羅鬼は織田信長がいかなる男なのかを詳しく知らない。さまざまな折りに朝廷を庇護し、時には利用したり無視したりしている。朝廷と関わりのある比叡山を襲うのか、口先で威嚇しているだけなのか、わからなかった。だが、思った。もしも自分が信長ならば、王城鎮護の聖地だろうが、僧を殺せば七代まで祟ると言われようが、気に食わなければ皆殺しにする。信長が自分と同じ気質ならば比叡山を必ず襲う。それが先ほど、わだかまりを感じた理由であった。


そのような折り、修羅鬼のもとに螢火から思わぬ報せがもたらされた。

それは吉田社から盗んできたという文だった。

吉田兼和は織田信長に追随している。

織田の動きを知る手掛かりを何か摑みたいと、螢火は吉田社に潜り込んだ。

そこで偶然、文を見つけた。甲賀の里に届ける前に知らせた方がよいと思って持ってきたのだと、螢火は言った。

修羅鬼はそばにいる伊餓鬼に文を読ませた。

すると、織田の武将である明智光秀から吉田兼和に送られた書状だとわかった。

明智光秀と吉田社の宮司である兼和は親密な間柄である。時節の挨拶や光秀が陣を張る宇佐山城の状況などが細々と伝えられている。

伊餓鬼の読み上げる記述の中に修羅鬼が興味を抱く文言があった。

信長は武将の佐久間信盛《さくまのぶもり》や右筆の武井夕庵《たけいせきあん》に比叡山攻めを諫止《かんし》されて迷っている。攻めるかどうか、九月二十日に結論を出すらしい。

伊餓鬼が読み終えると、修羅鬼は思いを巡らせた。

禅示坊が日吉社で三綱のいずれかを授かるのは十二日だ。信長は少なくとも二十日までは比叡山を襲わない。それまでは充分、山に滞在できる。

修羅鬼は胸の霧が少しだけ晴れたような気がした。

さらに修羅鬼はためらいの表情をしている螢火に気づいた。

「どうした、螢火？」

「はい。これは伝えてよいか迷っているのですが……」

「構わねえからさっさと言え！」

恫喝《どうかつ》すると、螢火の口から驚くべきことが囁かれた。

「修伊さまの館に高梨慈順の名物が集められたらしいです」

「なんだと？　どういうことだ？」

「修徳衆の皆様が乱蝶に盗まれた名物は七点です。〝それらをすべて返すので修伊さまを介して禅示坊さまに詫びを入れて欲しい〟と、八瀬童子が修伊さまの館を訪れ、名物を届けて懇願したらしいのです。そのような噂が里に広がっているのです」

「莫迦な。八瀬の輩はそれほど腰抜けではないぞ」

「はい。これはあくまでも噂に過ぎません」

わきで聞いていた伊餓鬼が口を挟んだ。

「お頭、調べてみなければなりませんな」

修羅鬼は黙ったまま何も言葉を発しなかった。

二

「噂が嘘か真《まこと》か確かめろ」

修羅鬼は修伊の住む坂本にすぐさま螢火を送り込んだ。

螢火には伊餓鬼を護衛につけ、二人には告げず破剣鬼にこっそり見張りをさせた。

真夜中に螢火は修伊の屋敷に忍び込み、一刻も経たないうちに胡銅の花入を盗み出して伊餓鬼に手渡した。

屋敷の近くで見張っていた破剣鬼はその様子を確かめたという。

胡銅の花入は修伊が乱蝶に盗まれたはずだ。

それが修伊の館にあった。噂は本当だったようだ。乱蝶によって盗まれた他の名物も修伊の所に隠されているに違いない。修羅鬼はただちに禅示坊に知らせた。

「修伊の奴、名物を独り占めにするつもりなのか」

禅示坊は目の前に置かれた胡銅の花入を見つめたまま吐き捨てた。

「決めつけるなって。いずれ兄者に伝えようと思ってたのかもしれねえぜ」

「だったら、なぜすぐに報告せぬ？　修伊の奴、私を出し抜くつもりなのだ」

禅示坊は床を拳で叩いた。

「どうする兄者？」

「盗まれた名物はもともと私の物だ」

「そうとも言えねえが……」

修羅鬼は皮肉な笑みを浮かべて、

「わかった。脅して奪い盗る。逆らったらぶっ殺してやるぜ」

と、息巻く修羅鬼を見て禅示坊は満ち足りた気になった。

修羅鬼は坂本行きを決めたようだ。暴れ者の弟だが、情にほだされやすい性質《たち》である。信長は比叡山攻めをためらい、少なくとも二十日まで比叡山を襲わないと明智光秀の文で知ったのも一因だが、何よりもポロリと涙を零《こぼ》して見せたのが功を奏したのだ。

一方で禅示坊は明智光秀の書状を調べることも忘れなかった。

武家伝奏の公家に密かに見せて確かめさせた。するとそれは右筆に書かせたものではなく光秀の直筆であるとわかった。花押も光秀のものに間違いないという。

今ならば心置きなく山に行けると、禅示坊は安堵した。


九月十一日の夕刻、禅示坊は修伊の屋敷に向かった。

修羅鬼や伊餓鬼、破剣鬼などを護衛として比叡の山を登り、坂本に着く。

天台座主の覚恕法親王より三綱のいずれかを明日、日吉社で賜る。

「そのため前の晩に泊めて欲しい」

そう伝えると、修伊は恭しく禅示坊を屋敷に迎え入れた。

「この度はおめでとうございます。禅示坊殿の日頃の篤実な行ないが認められたのでしょう。慶賀に堪えません」

歯の浮くような世辞を言われ、禅示坊は鼻うそやいだ。

「それで上座、寺主、都維那のいずれをお受けするつもりですか？」

「成り行き次第では、もう少し上の位を所望しようかと思っております」

禅示坊が驕り高ぶった態度を取ると、修伊はあきれ顔をした。

出自は犬神人のくせにという意趣がありありと感じられる。

「いずれにせよ経典を講読し、若き僧のため仏法を説くにやぶさかではありませぬ。竪者《りっしゃ》としてお役に立つつもりです」

「そのお心がけ敬服致します。石清水八幡宮の神人出身で、灯明に使う荏胡麻油《えごまあぶら》を売る商人《あきんど》から美濃の城主になった人もおります」

斎藤道三を例えにした皮肉であったが、禅示坊は無視した。

「ところでこれが何かおわかりですか？」

禅示坊が袱紗に包んだ胡銅の花入を出すと、

「これは拙僧の屋敷より！」

修伊は驚いて声を高めた。

「左様です。御坊が比叡の風、いや乱蝶によって盗まれた物です」

「それがなぜ貴殿のお手許に？」

訝しげな顔をする修伊に禅示坊は苛立《いらだ》った。

「他にも高梨慈順の名物がこの館にあるのでは？」

核心に触れる。

「なんと？　拙僧のもとにあるのはひとつだけです」

修伊は奥の棚から天目台を持ってきて禅示坊の前に置いた。

「それより、なぜ胡銅の花入をそなたはお持ちなのです？」

修伊は猜疑《さいぎ》の眼で禅示坊を見ている。

――しらばっくれるのもいい加減にしろ。

禅示坊は腸《はらわた》が煮えくり返った。

「雪の降る夜、拙宅から盗まれたのは胡銅の花入と雪村の掛け軸。そのひとつがなぜに、そなたの手にあるのでおじゃる？」

修伊は問い詰めるように膝を進めてくる。

――ふざけるな。詰問するのはこっちのほうだ。

「御坊。近頃、八瀬童子とお会いになったようですね」

「八瀬童子？　日吉社でちょくちょく会っておるが、それがどうした？」

口調がぞんざいになっている。

「八瀬童子から何か頼まれ事をしたのではありませぬか？」

「そちは……いったい何が言いたい？　さっぱりわからぬ」

修伊の顔が苛立ちでみるみる強張っていく。

「私が取り続けた今までの善意、御坊には心の糧《かて》になっておらぬようですな」

禅示坊が失望の表情を浮かべると、修伊はいっさい口をきかなくなった。

「虚しいですね」

心の底から落胆するように禅示坊は溜め息を吐いた。


その夜、修伊は寝間で悶々としていた。

禅示坊が何を言おうとしたのか、皆目見当がつかない。盗まれた胡銅の花入を持っているわけを禅示坊はついに明かさなかった。わだかまりがこびりついたまま心に残っている。何度も寝返りを打った。目が冴えて眠れそうもない。別棟に住む妻子の処に行って気を紛らわそうかと思ったが、夜も更けてきたので止めにした。

そんな折り、いきなり障子に黒い影が浮かび上がった。

――殺される。

修伊は咄嗟に悟り、枕元に置いた剣をすばやく摑んだ。

だが、遅かった。

忍び込んできた破剣鬼にあっと言う間もなく喉元を突き刺された。

「祈るべき　仏はあれど　僧侶堕し」

客間では禅示坊が冷酷な心を宿したまま合掌していた。

「仏像には目隠しをしておきたい。見られていると思うと心が乱れる」

覚恕法親王が日吉社に来るのは巳の刻（午前十時）と聞かされている。

禅示坊は修伊の亡骸を修羅鬼たちに始末させ、八瀬童子から預かったと言われる他の名物を探させながら夜が明けるのを待った。

三

乱蝶はすでに修伊の屋敷近くの樹の上に潜んでいた。

昨日の夕暮れ時、禅示坊が屋敷に入ったのを確かめている。

〝修徳衆の商人から盗んだ名物をすべて返す。代わりに禅示坊に詫びを入れて欲しい。八瀬童子が修伊の館を訪れ、密かに名物を届けて懇願した〟

このような嘘を仕組み、手持ちの胡銅の花入を螢火に渡し、いかにも修伊の屋敷から盗んできたように見せかける。疑り深い禅示坊は必ず修徳院を出て修伊を問い詰めに来る。

これは螢火が考えたものであった。

乱蝶は螢火を心の底から信じたわけではない。一か八《ばち》かの作戦だった。だが、とりあえずは思惑どおりになったのだ。

さらに騙しに協力すると言ってくれた兄の甚太郎には心より感謝した。

甚太郎は自分が高梨慈順の息子だとわきまえたようだ。記憶はよみがえらなかったが、父を冤罪に貶めたのは禅示坊であり、自らも父の潔白を晴らしたいと、言ってくれた。

しかし、それは本心ではないような気がした。

修徳衆は闇の世を牛耳っている。今のうちに悪辣な組織の芽を摘まなければ後に禍根が残る。侍を蔑ろにし、闇の世で君臨する修徳衆を根絶やしにする。

甚太郎の思いはそこにあるようだった。

乱蝶はそれでも構わないと思った。禅示坊を窮地に追い込み、真実を告白させる。

高僧殺しは高梨慈順ではないと自白させ、父の無罪を確かめられればよいのだ。修羅鬼と多くの閻魔の眼の者たちが修伊の屋敷周辺を固く警護している。

乱蝶は猪飼野甚太郎の率いる堅田衆がやってくるのを待った。

――明け方が勝負だ。長い間の念願がついに叶う時がきた。

眼下に広がる琵琶湖を眺めやると、薄闇の中に幾つかの小さな漁火が見えた。それは苦界の闇に輝く小さな光明のように思えた。

その時、薄闇の気が陽炎《かげろう》のように揺らいだ。見ると坂道を多くの黒い塊が駆け上ってくる。甚太郎が引き連れてきた堅田の侍たちだ。

樹から飛び下りると、甚太郎が息を乱しながら近づいてきた。

「まずい。大殿の下知が……」

いきなり緊迫した顔で言った。

「急遽、夜明け前に山を襲え！　と」

「夜明け前に？」

「将に比叡山の焼き討ちを命ぜられた」

乱蝶は慄然《りつぜん》とした。

「乱蝶、すぐに立ち退け。戦乱に巻き込まれる」

堅田衆に援護して貰い、修伊の屋敷に突入し、禅示坊と対決するのが狙いだった。

吉田兼和宛に出した明智光秀の書状の内容を乱蝶は知っている。信長が武将の佐久間信盛や右筆の武井夕庵に比叡山攻めを諫止《かんし》されたのは事実である。

しかし、攻めるかどうかを迷い、結論を九月二十日に信長が出すという件は大嘘だった。二十日までは山へ登っても安心だ。そのように禅示坊たちを油断させる偽りの文言なのだ。

この文を作るにあたって多くの人が動いてくれた。

まずは吉田兼和。何よりも明智光秀のお蔭だった。それを後押しするように猪飼野甚太郎と義父の甚介も光秀に献言してくれたらしい。

当然のことだが、吉田兼和も猪飼野甚介も明智光秀も乱蝶の思いなどはどうでもよい。闇の組織を根絶やしにすることを主眼に置いて乱蝶の目論みに応じたようだ。

こうして真と嘘を混ぜ合わせた明智光秀の直筆状が出来、それを螢火が吉田社から盗んできたと偽って修羅鬼に渡したのである。

企ては滞《とどこお》りなく動いていた。

織田軍は十日ほど前、一向一揆の立て籠もる志村《しむら》城を落とし、長光寺《ちょうこうじ》城に入った。そこを拠点として湖東の一向一揆を殲滅《せんめつ》すべく動いていた。湖東を制圧した信長はすぐに南方の摂津、河内に向かうと言っている。これは大坂本願寺か三好三人衆を攻めることである。信長はやがては比叡山を襲う。それは疑う余地がなかったが、まさかこれほど早く出撃するとは考えてもみなかった。

それは甚太郎も同じだったようだ。

「乱蝶、一刻もはやく山から去るのだ。宇佐山城主の明智光秀殿の部隊が仰木谷《おおぎだに》から侵攻し、まもなく攻め上ってくるぞ」

厳しい声が甚太郎から発せられたが、乱蝶は怯まなかった。

「この機を逃したら父の汚名をそそぐことは叶いません」

ためらいは微塵《みじん》もない。乱蝶は修伊の屋敷に向かって走った。

「死んでもよいのか、乱蝶っ！」

背後で甚太郎の声がした。直後、

「かかれっ！」

と、甚太郎の号令が聞こえた。

振り向くと、堅田衆が一斉に蜂起し、屋敷の門に向かって雪崩《なだれ》込むのが見えた。警備をしていた閻魔の眼の荒くれ者たちがそれぞれの武器を持って立ちふさがり、突然の襲来にも怯むことなく逆に堅田衆に突っ込んでいく。

乱蝶は背で乱闘の騒ぎを聞きながら屋敷内に入り、母屋に向かった。

表門の方からダダーン、ダダーンと、轟音が鳴り響いた。堅田侍が鉄炮を撃ったのだ。庭内の門近くにいた閻魔の眼の数人がバタバタと倒れるのが見えた。

漂う硝煙の臭いを感じながら乱蝶は母屋に突進する。入口にある石灯籠《どうろう》のわきに二人の警護兵が身構えていた。乱蝶は真っ向勝負を挑むべく小剣を構えながら走った。

警護の荒くれ者が気づいて棍棒と剣を構え、奇声をあげながら突進してくる。

直後、二人の警護兵がぐわっと叫んで続けざまに倒れた。

何事かと、乱蝶が立ちすくむと、門柱の裏側から黒い影が現れてにやりと笑った。

いつの間に忍び込んだのか、忍び装束を身につけた螢火だった。

乱蝶が戸惑った瞬間、

「乱蝶、邪魔をするな」

と、螢火は母屋の中に走り込んでいった。

遅れを取ってはならないと、乱蝶も正面入口から駆け込む。

衝立《ついたて》の陰から荒くれ者がいきなり襲ってきた。乱蝶は腰をかがめて襲来をかわし、逆に男の鳩尾《みぞおち》に肘鉄を喰らわせる。男は呻《うめ》いて倒れた。一瞬で気を失ったようだ。

土間にはすでに螢火の姿はない。

乱蝶は廊下を走った。

すると中庭で棍棒を構えた修羅鬼と小刀を手にした螢火が対峙していた。

「螢火、裏切りやがったか」

修羅鬼が吠えた。

「違う。もともとおまえを殺そうと近づいたのだ。今こそおまえと禅示坊を殺す」

螢火が鋭く叫んだ。

「女郎、ぶっ殺す」

修羅鬼が棍棒を振った。螢火が身をかわして避ける。

それを脇に見ながら乱蝶は客間へと急いだ。

廊下を駆け抜けて次々と襖を開けていく。

幾つかの部屋を開けたが、誰もいない。

焦りを抱きながら奥の部屋に辿り着くと、そこに禅示坊が悠然と立っていた。

そばには二人の荒くれ者が槍を構えている。

「無礼者っ！」

禅示坊は乱蝶を見て恫喝した。

「拙僧は今日、天台座主の覚恕法親王より役職を賜《たまわ》る身であるぞ」

禅示坊は威厳のある声で言った。

「拙僧に不届きを働けば朝敵となる。それを覚悟のうえの狼藉か」

「あなたは銭だけにこだわっていればよかった。なまじ虚栄心など抱くから自らを滅ぼす穴に落ちてしまうのです」

乱蝶は不敵な笑みを浮かべて禅示坊を見た。

「身を滅ぼす穴に落ちるだと？」

禅示坊は乱蝶の言の葉がわからなかったようだ。少しばかり戸惑った顔をした。

「あなたは真の悪党とは呼べない人です。たんなる偽善の塊《かたまり》です」

禅示坊は人格を貶められた気がしたのだろう、憤《や》りに顔を真っ赤にした。

「ほざくな。お前の世迷《よま》い言など聞く耳持たぬわ。殺れ！」

禅示坊は両側にいた荒くれ男に命じた。

呼応した二人の荒くれ者が入れ替わり立ち替わり槍を突いてくる。

乱蝶は横っ飛びして避け、相手の顔に螢火からもらった目潰しを打った。砂や鉄粉が二人の男の顔面に広がり散った。ふいを喰らった男二人は悲鳴をあげ、眼を閉じて無茶苦茶に槍を振り回してくる。

乱蝶は二人に体当たりした。

もんどり打って倒れた二人は何事か喚いた。眼が見えないままではやられると感じたようだ。逃げるように部屋から這いずり出て行った。

「無様な……恥を知れ」

禅示坊は逃げ去った男二人の背に悪態をつき、手にした錫杖《しゃくじょう》を身構えた。

鋭くとがった錫杖の先が胸元に向けられたが、乱蝶は怯まずに対峙した。

「支配欲などはつまらないものです。名誉欲はなおさらです」

「なんだと？」

「まだ気づかないのですか。覚恕法親王様が役職を与える話は真っ赤な嘘です」

禅示坊の眉がぴくりと動いた。

「使いに来た僧も天台座主からの文も……まったくの偽りです」

「なに！」

禅示坊の眼が虚空を泳いだ。

「すべては欲に溺れたあなたを誘い出す手立てです」

禅示坊の眉間にぴりぴりと青筋が浮き上がる。

「十一年前、父を罪に陥れたのはあなたですね。蓮融さまを殺したのは弟の修羅鬼ですね」

「知らぬ。くどいぞ。愚か者め。拙僧が施しを与えてやったにも拘わらず、いまだに煩悩を消すことが出来ぬのか」

禅示坊は厭味を込めて嗤い、鋭くとがった錫杖の先を乱蝶の喉元に向けてくる。

「屋敷はすでに堅田の侍に囲まれています。もはや逃れる道はありません。人々の前で真《まこと》を話してくれれば命は奪いません。死にたくなければ白状なさい」

「黙れ。死ぬのはお前のほうだ」

鋭く錫杖を突いてきた。

「応えなさい」

乱蝶は小剣の峰で錫杖を弾き返しながら叫んだ。

その時、忍び装束の男が駆け込んできた。

閻魔の眼の四人衆の一人である伊餓鬼だ。

「織田軍だ。織田軍が攻めてきた」

「まさか？　信長は二十日まではお山を攻めぬはず……」

「明智の兵が坂本の町を焼き、攻め上って来ています。早くにこの場を！」

伊餓鬼は慌てていたのか、部屋にいた乱蝶に初めて気づいたようだ。

「なんだ、てめえは」

雄叫びをあげて分銅付きの鎖鎌で襲いかかり、飛んだ鎖が乱蝶の小剣に絡みつく。

「殺せ！　この女を殺してしまえ」

禅示坊が怒りの形相で大声を張り上げる。

伊餓鬼は鎖をグイッと引き寄せ、乱蝶の首をめがけて鎌を振り下ろそうとした。

その直前、甚太郎が飛び込んできた。

刃がきらりと光ったかと思う刹那、甚太郎は伊餓鬼を袈裟懸けにした。

どっと血飛沫《ちしぶき》が噴き上がり、伊餓鬼がのけぞって倒れた。

浮足だった禅示坊が慌てて部屋から走り出ようとした時、巨体の男と衝突した。

修羅鬼と螢火がもつれあうように戦いながら目の前に現れたのだ。

「邪魔だ。どけ！」

禅示坊は修羅鬼を押し退けようとする。

「禅示坊、もはや逃げられはしない」

螢火は前に立ちふさがり、息を荒らげながら叫んだ。

「この痴《し》れ者は誰だ？　下郎、控えろ」

忍び装束の螢火を見て禅示坊が罵《ののし》った。

直後、ばらばらと駆け込んできた堅田の侍衆が禅示坊と修羅鬼を取り囲んだ。

「禅示坊、修羅鬼。三条通りに米問屋があったのを覚えてはいまい。修徳衆に与するのを拒んだゆえに殺されたのはオレの父と母だ。父母の仇《かたき》！　死んでもらう」

螢火の手が動いた。刹那、修羅鬼の喉元と禅示坊の首筋に手裏剣が突き刺さった。

修羅鬼は喉に深く刺さった手裏剣を抜こうともせずに驚きの眼を見開いている。

禅示坊はあんぐりと口を開けたままだ。

「とどめだ」

螢火が禅示坊の胸をめがけて小刀を突き立てようとした。

「殺さないで」

咄嗟に乱蝶は螢火を羽交い締めにして押さえた。

「生かして捕らえるのです。この者たちの罪業をすべて吐かせるのです」

「放せ！　オレの父も母も雇い人たちもこいつらに皆殺しにされたのだ」

螢火はもがいた。

「父は人殺しの罪を着ました。この者に告白させねば、汚名をそそげないのです」

乱蝶は螢火と揉《も》み合った。

その隙を突くように修羅鬼が棍棒を振り上げた。

甚太郎は修羅鬼を斬撃すべく剣を斜に構えて間合いを詰めた。だが、争いは起きなかった。喉元に深く突き刺さった手裏剣は修羅鬼の力を削ぎ落としていたのだ。

修羅鬼は高く振り上げた棍棒をどすんと床に落とし、腰砕けになってその場にうずくまった。

「修羅鬼！」

禅示坊は驚愕の叫びを発してたじろいだ。

「兄者、だから鉄炮を備えておけと……」

最後まで言わずに事切れた修羅鬼を見て、禅示坊の顔に初めて恐怖の色が走った。

「もはやこれまでです。禅示坊、父を冤罪に貶めたと言って！」

暴れる螢火を押さえながら乱蝶は必死に訴えた。

「乱蝶、頼む。オレに仇を討たせてくれ」

螢火は振りほどこうと懸命に抗ってくる。

「禅示坊、言え！」

甚太郎も叫んだが、禅示坊は応えない。

直後、痺《しび》れを切らしたのか、堅田の兵の一人が禅示坊の胸元に長槍を突き刺した。

「あぁっ」

乱蝶は全身から力が抜ける気がした。

「オレの仇だぁ」

螢火が喚いて乱蝶の腕を振りほどき、小刀を突きたてて禅示坊に体当たりした。

禅示坊の上体がゆらりと前のめりに傾き、腹からドッと生臭い血が溢《あふ》れ出る。

乱蝶は絶句した。

――父の汚名をそそぐことが出来なくなってしまう。

螢火がさらにグイッと刺すと、禅示坊は二、三歩、蹈鞴《たたら》を踏んでドウッと倒れた。

「仇を取ったぁ！」

螢火が雄叫びをあげた。

長い苦悩の日々から解放されたような高揚に満ちた声だった。

床には禅示坊、修羅鬼、伊餓鬼が倒れている。

乱蝶は茫然と立ちすくんだ。

その時、罪人を焼く地獄の炎のごとき猛火が押し寄せてきた。

「明智様の兵が屋敷に火を放ったようです」

堅田侍の一人が甚太郎に告げた。

螢火は咄嗟に部屋から飛び出した。

廊下には焦げ臭い煙がたなびいている。屋敷の至る所に赤い炎が見えた。

正面の土間を駆け抜けて表に出ると、多くの織田の兵がいた。明智光秀の直属の部下たちだった。庭には数多くの屍が転がっている。見覚えのある閻魔の眼の荒くれ者たちの他に屋敷で働いていたと思われる市井の人々の死体もあった。庭の一角に瀕死の破剣鬼が倒れていた。横を走りすぎようとする螢火を見た破剣鬼が弱々しく声をかけてきた。

「螢火、うまく逃げろよ」

庭を警護していた破剣鬼は螢火が禅示坊と修羅鬼を殺したとは知らないようだ。破れ衣の数カ所に焦げた穴が開いている。身体中を鉄炮で撃たれたのだ。

「糞っ……どうせ死ぬのなら……お前を抱いておけばよかった」

断末魔の声で悔しそうにつぶやいたが、螢火は黙っていた。

身体に毒など含んでいないと知ったら破剣鬼は成仏できないだろう。

そう思って何も言わずにその場を去った。

修伊の屋敷は紅蓮の炎に包まれている。奥座敷にも濛々《もうもう》と煙が立ち込めてきた。

「相変わらずやることが無謀だ」

甚太郎が睨み付けるように乱蝶を見た。

「屋敷を抜け出るまで某が付き添い、明智軍が襲わぬよう取り計らう。来い！」

「兄上に……いいえ、猪飼野家に、ご迷惑をおかけするわけにはまいりません」

乱蝶はすばやく部屋から走り出た。

「乱蝶、その姿では怪しまれて襲われるぞ」

声高に言う甚太郎を背に乱蝶は縁側から中庭に飛び下りた。

「これより我らも比叡山攻めに向かおうぞ」

甚太郎の指令に呼応する堅田の侍たちの声が聞こえる。

屋敷はすでに炎の海に包まれており、濛々と煙が立ち込めている。ゴゴゴゴーッと不気味な音をたてて別棟から真っ赤な炎が噴き出してくる。火勢に煽られて空高くのぼる火柱は竜巻のようだ。

乱蝶は黒い煤と火の粉を浴びながら庭の裏手に回った。

途端、数人の明智の兵に取り囲まれた。

「怪しい奴、斬り捨てろ！」

一人が叫ぶと、雑兵たちが剣を構えてにじり寄った。

「!!」

新たな危機に瀕し、乱蝶は小刀を握りしめつつ逃げる手だてを考えた。

雑兵たちがじりじりと包囲を縮めてくる。

乱蝶は燃え盛る背後の館に再び、飛び込もうかと思った。

その時、声がした。

「殺生無用！」

声の主は鎧姿の明智光秀だった。

「この娘、某の細作。互いに通じ合っている者だ。去《い》ね！」

光秀の命令に兵たちは囲みを解き、表庭に走り去った。

乱蝶は光秀を屹《き》っと見据えた。

燃え盛る紅蓮の炎を背にした光秀はまさに忿怒《ふんぬ》の相をとる不動明王のようだ。

「乱蝶、望みは叶ったのか」

乱蝶は応えずに、

「なぜ、比叡のお山を⁉」

怒りを込めて尋ねた。

「穢れた叡山の煩悩、障害を焼き払い、悪魔を降伏《ごうぶく》するためだ」

「浅井、朝倉に味方した叡山が憎いだけでしょう」

光秀の顔から微かながら自嘲の笑みが洩れた。

「仏法破滅、王法いかがあるべきか。上様にも、某にも、やがていつか報いが来るやもしれぬ」

光秀はぼそりとつぶやいて去って行った。

乱蝶は裏庭の先の切り立った崖を見た。

よじ登るか、迂回して堀のある方に走るか、迷った。

その時、流れる黒い煙の中で聞き覚えのある声がした。

「姉さま、そこを登ってこちらへ」

見ると、崖の上に秘草が立っていた。

「なぜここに?」

乱蝶は驚いて叫んだ。

「早く!」

乱蝶は咄嗟に崖の上に向けて鉤縄を投げた。鉤が崖の上の木の幹に絡まったのを確かめ、細紐を伝って三間ほどの高さを一気によじ登った。

「姉さま、思いは達せられたのですか?」

樹々の間を誘《いざな》うように走りながら秘草が訊いてくる。

乱蝶は唇を噛みしめた。

ぎりぎりまで追い詰めたが、最後の最後まで禅示坊の口から父を貶《おとし》めたと言わせられなかった。高僧殺しの父の汚名をそそぐことは永遠に出来ない。

それが凝《しこ》りとなって残っている。

繁る雑草に足を取られながらも乱蝶は秘草に導かれるまま走った。

奥座敷で禅示坊は修羅のごとき形相で倒れていた。

周囲は紅蓮の炎に包まれている。襖がめらめらと燃え、柱や桟も炎を噴き出し、赤一色の焦熱地獄の中にいるようだと思った。

「餓鬼道に……堕ちぬと見れば……修羅になり」

虫の息でぼそりとつぶやいた。

禅示坊は絶えず世に戦いを挑んできた。

数刻前までは自らが描いた通りに動いていた。高貴な出でなくとも、それなりの僧の身分の子として生まれていれば、たかが上座、寺主、都維那の役職はとうの昔に得られたはずだ。小賢しい嘘に惑わされることはなかった。

禅示坊は出自を恨んだ。

「俺は誰にも頼らずに自力でやってきた。俺のやり方は間違ってはいなかった」

朦朧《もうろう》とした意識で自らにはっきり言い切った。

覚恕法親王の文は嘘だと知った。だが、いずれは天台座主か朝廷からなんらかの地位につくようにとの依頼が必ずくる。多くの銭を朝廷に献上したし、数多くの銭をばら蒔いて慈善事業もしてきた。銭の効き目は絶大なはずだ。銭さえあれば手に入らぬものはない。今でもそれを確信している。それゆえ昔の穢れた秘密は決して他人に話しはしない。黙り通してみせる。

生への執着心がまだ残っていた。なんとかここから脱出しようともがいた。

修徳衆は健在である。

修羅鬼は死んだが、闇で働く閻魔の眼は改めて作り直せばよい。

熱い血が滾った。だが、熱さは身体の内から湧き出たものではなかった。

「たかが小娘のために……俺の夢がすべて……」

狂おしくつぶやいた途端、禅示坊の身体は灼熱の炎に焼かれていった。

四

元亀二年（一五七一）九月十二日の空がしらじらと明けてくる。

乱蝶は秘草と共に小高い崖の上から真っ赤に燃える坂本の町を眺めた。

麓に住む多くの人は比叡山の恩恵に浴している。しかし、家を焼かれたり殺されたりするのは理不尽だ。人々は毎日、懸命に働きながら安穏な暮らしを望んでいる。そのささやかな願いを織田軍は情け容赦なく壊している。

乱蝶は背筋が凍りつくような気がした。

「夜明け前、織田軍は坂本の町を襲った後、隊を分けて三方から攻め上がり、すべての伽藍を焼き払う。そう岩松に教えられました。日吉社近くの屋敷に姉さまがいる。そう聞かされて、私は姉さまを救おうと駆けつけたのです」

日吉社からも炎が立ち上り、本殿が燃え始めた。楼門も神輿蔵も燃えている。

麓の町から逃げ上がって来た人々が日吉社の境内で右往左往し、本坂には夥しい数の死体が折り重なるように転がっていた。

「叩け、叩き潰せ。誰であろうと構うな。撫で斬りにせよ」

明智軍の武将が下知を飛ばしている。

兵たちは逃げまどう人々を鉄炮で撃ち、槍で突いたり、斬り殺したりしている。

日吉社の鳥居を抜け、延暦寺に向かう本坂を駆け登って逃げる人々が情け容赦なく襲われている。長槍で背後から突き刺され、人々はもんどり打って倒れていく。

織田の兵は転んだ者を容赦なく踏みつけながら東塔めざして駆けあがっている。

根本中堂から飛び出してきた稚児や僧侶たちが次々と槍で串刺しにされていく。

紅蓮の炎の中での阿鼻叫喚を聞き、乱蝶の心は乱れた。

――延暦寺が焼かれている。

大講堂も本願堂も延妙院も蓮華《れんげ》院も無動《むどう》寺も浄行《じょうぎょう》院も極楽房も鐘台も燃えている。

胸が締めつけられる思いがした。

比叡の山は琵琶湖畔に面して雄姿をみせ、南都の僧侶たちを惹きつけた。

山は原生林に覆われ、谷川が各所に滝をつくっている。誰もがたやすくは踏み込めない神秘な地であった。清冽《せいれつ》な水が湧き、修験の行場として最適な聖地。

その比叡の山のすべてが燃えてしまう。

ふいに胸が騒ぎだした。

燃える瑠璃堂が心に浮かびあがった。

哀しいにつけ、うれしいにつけ、挫けそうになった時、常に瑠璃堂で見た紫シジミ蝶に励まされてきた。瑠璃堂は心の拠り所である。

空に飛び交うのはシジミ蝶ではない。それは燃え盛る無数の火の粉だ。

「姉さま、瑠璃堂に！」

瑠璃堂を燃やされたくないと秘草も思ったようだ。

二人は山道を一気に駆け下りた。

その時、松尾坂の方から走り来る一団があった。織田の兵かと思ったが、違う。先頭を走るのは八瀬の六郎だった。岩松の姿もある。八瀬童子たちが駆けつけたのだ。

「お嬢、ご無事でなによりです」

岩松は笑みを浮かべた。

「瑠璃堂が！」

乱蝶は悲愴に叫んだ。

「わかってますだ。ご一同、薬師瑠璃光如来さまを焼いてはならねえ」

岩松が声をかけると、八瀬童子たちは「オウッ」と、応えて四方に散った。

八瀬の人々はたとい一字でもよい、比叡の御堂を護ろうとやって来たのだ。

童子たちは急斜面や崖をよじ登り、周辺の松や杉やクヌギや楢《なら》や楓《かえで》の大木を大鋸《おおのこぎり》や鉈《なた》や斧《おの》で伐《き》り始めた。

勝手に木を伐ることは禁じられている。だが、童子たちは禁令を破り、周りの樹々を伐ることで瑠璃堂が類焼するのを防ごうとしている。

乱蝶も斧を手にして杉の幹に打ちつけた。

近くで轟音を発しながら杉の大木が倒れる。さらに別の所で松の木が倒れた。その度に火の粉が激しく乱れ飛ぶ。乱蝶は一本でも多くの樹を伐ろうと懸命になった。近くで秘草も全身に汗を噴き出しつつ働いている。

やがて円を描くように樹々が倒され、瑠璃堂の周囲はぽっかりと穴の空いた禿《は》げ山となった。その近くまで炎が燃え迫ってきたが、瑠璃堂は炎上を免れた。

比叡山焼き討ちは元亀二年（一五七一）九月十二日の明け方から翌日まで続いた。

麓の各方面から攻め上った織田勢は僧俗を問わず老若男女を殺戮した。

さらに放火により根本中堂以下、東塔、西塔、横川など多くの堂舎が焼け、およそ八百年の伝統を誇った延暦寺は焼亡した。

しかし、瑠璃堂だけは災禍を免れた。

守られたのは八瀬童子や近郷の人々の活躍があったからだとは誰も知らない。

また、比叡山のすべての僧侶が殺されたわけではなかった。横川の安楽谷を守備していた木下秀吉は哀れみを抱いて多くの僧侶たちを逃がしたらしい。

乱蝶は秀吉に頼まれた三枚の扇を作ったものの渡す機会がなかった。

その後、信長は明智光秀に志賀《しが》郡を与えて坂本城主とした。

天台宗の総本山、比叡山延暦寺の座主である覚恕法親王は甲斐に追われたという。

終章

乱蝶は修徳院の庭園に繁る白萩のひと叢《むら》に潜んでいた。

萎《しお》れた小さな白い花がしだれ掛かった葉に数多くこびりついている。

数日前には可憐に咲き誇っていたに違いない。

どこかで鈴虫が鳴いていた。

夜空に月が冴え渡り、輝く数多《あまた》の星が瓢簞《ひようたん》池の水面に揺らいで映っている。池の端にある築山には白川から引き入れた水が小さな滝となって流れていた。

ここに忍び込むのは初めてである。

すでに衆主の禅示坊はいない。閻魔の眼の頭領であった修羅鬼も死んでいる。

だが、荒くれ者の多くが院内の各所で警護をしていた。下手には動けない。

めざすは亡き衆主の部屋だ。

父の遺品十三点のうち、白天目、木彫阿弥陀仏像、雪村の掛け軸、青磁の花入、菱の盆香箱、肩衝の茶入の六点は八瀬にあり、六郎が大事に保管してくれている。

修伊の屋敷にあった天目台と胡銅の花入は兄の甚太郎が取り戻して届けてくれた。

残る五点のうち虚堂智愚の墨跡と霰《あられ》釜は禅示坊が持っていたはずだ。

小茄子の茶入は八上の乗昇。唐茶碗は愛宕徳三郎の所にある。

今は亡き若狭の治郎が持っていた千鳥の香炉のゆくえはわからない。

だが、治郎殺害の後、禅示坊が修徳院に保管したと螢火が教えてくれた。

まずは修徳院にある三点を奪い返す。そう決意して忍び込んだのだ。

「曲者だ。曲者がいるぞ。比叡の風だ。捕まえろ！」

いきなり瓢箪池の向こうで叫び声がした。

見ると、忍び装束の螢火がいた。警護兵がばらばらと現れて追いかけている。槍を投じる者もいたが、螢火は巧みにかわしながら派手に走り回っている。

乱蝶が止めたにも拘わらず螢火は禅示坊を殺したことに後ろめたさを感じたのか、盗みを手伝うと言い出したのだ。

「無闇に我を張るべきではありません。強めると不幸になるだけです」

「小賢しい口を叩くな。オレは思うままに動く。オレが囮《おとり》になっている間に盗め」

頑ななところは似た者同士だ。

二人は互いの生い立ちを知り、ついには意気投合した。

乱蝶は螢火の無事を願いつつ隙を突いて衆主の館に駆け込んだ。

禅示坊が寝起きしていたと思われる衆主の部屋に入って眼を瞠《みは》った。

狩野《かのう》派の絵師によると思われる山水図が襖に描かれていたのだ。

金箔の雲に覆われた四季折々の樹々。はるか彼方には雪山。手前の松は濃い墨で、遠くの松は薄い墨で描かれ、周囲には霧が立ち込めている。月光に照らされた襖絵は詩情に満ちあふれている。

思わず魅了されて立ちすくんでしまった。

一瞬、この襖絵を盗みたいと邪な思いにそそのかされたが、すぐに打ち消し、父の遺品である名物の在《あ》り処《か》を探し始めた。名物はどこかに隠されている。誰も立ち入ることが出来ない処に大切にしまわれているはずだ。

外が騒がしい。囮役の螢火はわざと見つかる真似をして、多くの警護兵たちを引き寄せてくれている。愚図愚図《ぐずぐず》しているわけにはいかない。

押し入れ戸棚を開けると、中に幾つもの大きな桐の箱が並んでいた。

次々と蓋を開けて見る。だが、どこにもない。最も奥に漆塗りの文箱があった。開けると冊子と紙の束が重ねられている。商いを記した帳簿と借用書だった。

禅示坊は土倉を営み、閻魔の眼を使って脅したり、乱暴を働いて厳しく取り立てをしていた。それを思い出して咄嗟に文箱を小脇に抱えた。

今夜の目的は父の遺品を取り返すことだったにも拘わらず、なぜ帳簿類を持ったのか、自分でもわからない。

寝室に父の遺品はないと定め、乱蝶は奥の茶室に駆け入った。

そこで思わず歓声をあげた。

なんと床の間に軸装された虚堂智愚の墨跡が掛けられ、霰釜《あられ》と千鳥の香炉が違い棚に置かれてあったのだ。

手早く掛軸を丸め、霰釜と千鳥の香炉、さらに小脇に抱えた文箱を布に包んだ。

——神仏のご加護だ。

茶室から出ようとした時、目の前に法衣を着た大男が現れ、行く手を塞がれた。

警護の男たちが次々と茶室の前に群がり、長槍や太刀を乱蝶に向けて構えた。

「拙僧は修徳衆を司る亀山法常である」

大男は厳めしき響きを込めた声で言った。

禅示坊亡き後、早くも衆主になったに違いない。

悪の組織は今までと変わりなく続いているのだと知り、怒りが募った。

「院内に忍び込む不埒者め。もはや逃げることは叶わぬ！」

憎々しげな顔で居丈高に笑う亀山法常や配下の者を見据えて乱蝶は叫んだ。

「邪魔をするなら……死んでもらいます」

すばやく天井に向けて大きな破裂玉を次々と投げた。

途端、ボンッと炸裂する。

亀山法常は一瞬、たじろいだ。警護の男たちも脅えた様子で天井を見上げた。

天井に当たって割れた破裂玉の中から真っ黒な煙霧が発生した。

「あなたたちが死ぬのを見たくありません。命の惜しい人はただちに去りなさい」

乱蝶が煙霧の中で声を張り上げると、男たちはうろたえた。

「この煙、毒を含んでいるに違《ちげ》えねえぞ」

「逃げろ！」

黒い煙の中で男たちの声が飛び交った。

「怯むな。比叡の風を捕らえろ」

亀山法常の怒鳴る声が聞こえる。だが、男たちは煙霧から逃れようと我先に廊下から外へと飛び出した。乱蝶の〝死んでもらいます〟の威嚇が功を奏したようだ。

やがて煙霧が薄れて周囲が見渡せるようになると、乱蝶の姿は消えていた。

——後は唐茶碗と小茄子の茶入……。

修徳院の裏山を走りながら乱蝶は心で確かめた。

近くの崖には乱蝶が閉じ込められ、辱めを受けた洞穴が見えた。

思わず眼を閉じたが、忌まわしい過去は忘れるしかない。

乱蝶は新たな盗みを思い描いて気を引き締めた。


数日後、京極通りで土倉と酒屋を営む愛宕徳三郎の館から唐茶碗が忽然と消え、さらに八上の乗昇の屋敷から小茄子の茶入が消えた。

多くの警護の者がいたにも拘わらず盗まれたのだ。

それればかりか、大量の金塊が紛失していたので大騒ぎとなった。

この頃より京の町では不思議なことが次々と起こった。

修徳衆に与する商人に渡した借用書が借り主の家に投げ込まれたのだ。

さらに身寄りの無い子や独り暮らしの老人を収容する悲田院などの施設に金塊入りの袋が置かれていたりもした。

京の町では〝比叡の風〟の仕業であると称賛の噂が沸き起こった。

しかし、乱蝶は気が重かった。比叡の風の行ないは悪徳商法で稼いだ銭をばら蒔いていた禅示坊と何ら変わらない。偽善だと自らを恥じた。

父の形見のすべてを手に入れることが出来たので盗みはやめようと思った。

それにも拘わらず錠穴に鑰《かぎ》を差し込み、鍵《ばね》が外れた時の感触。

これは盗みを働く時の快感だ。

二度とこの興奮が得られないと思うと寂しくも感じられた。


十月初旬の早朝、京都奉行所の門衛が門前に置かれた漆塗りの文箱を見つけた。

開けてみると、商いを記した帳簿が入っている。

ただの帳簿ではなかった。

修徳衆の悪辣非道な取引が記されていたのだ。

門衛は奉行に告げるべく気を高ぶらせながら館の中へと駆け込んで行った。

それから一週間後、京都奉行所の多くの侍たちが修徳院を取り囲んだ。

京都奉行の役を仰せつかっていた村井《むらい》貞勝《さだかつ》の配下の者たちだった。

「閻魔の眼を根絶やしにせよ」

新たな日輪の軍扇で指示を出したのは明智光秀だった。

「修徳衆は無法の輩と化して悪のかぎりをつくしておる」

「天に代わって仕置きせよ」

号令とともに侍たちが突入し、衆主の亀山法常などが次々と捕らえられた。

同時刻に神泉苑の近くにある閻魔の眼の隠れ家も襲われ、無頼の者たちが殺されたり、捕らわれたりした。

それだけに留まらず京都奉行所の追捕の手は厳しかった。

修徳七人衆に名を連ねていた残りの円明坊賢慶、八上の乗昇、杉生坊、今戸佐助、愛宕徳三郎、さらに三十六人衆も捕縛され、下部組織の商人も厳しく咎められた。

こうして一網打尽となった修徳衆はついに崩壊した。

この一件を解決に導いた裏には、乱蝶と螢火と秘草の働きがあったのだが、京の人々で知るものは誰もいなかった。

その後、比叡の風を名乗る怪盗は現れなくなり、やがて噂も消えていった。

樹々の葉が色づき、八瀬の里に秋風が吹いている。

風は裏山の墓地の周辺に咲き乱れる紫の野菊を揺らしながら流れていった。

墓地の一角には新しく建てられた小さな祠があった。

そこには高梨慈順の遺品が納められている。中央に祀られた木彫の阿弥陀仏像は慈愛のまなざしで人々の平穏無事を願って祈り続けていた。

〈参考資料〉

『信長公記』奥野高広・岩沢愿彦＝校注　角川文庫
『織豊期王権論』堀　新　校倉書房
『八瀬童子会文書』叢書　京都の史料4　京都市歴史資料館
『八瀬童子　歴史と文化』宇野日出生　思文閣出版
『日本の扇』中村清兄　大八洲出版株式会社
『日本の仏教』渡辺照宏　岩波新書
『比叡山と高野山』景山春樹　教育社歴史新書〈日本史〉29
『寺社勢力の中世』伊藤正敏　ちくま新書
『中世の罪と罰』笠松宏至　網野善彦　石井進　勝俣鎮夫　東京大学出版会
『法と訴訟（中世を考える）』笠松宏至編　吉川弘文館
『悪と往生』山折哲雄　中公新書
『近世琵琶湖水運の研究』杉江進　思文閣出版
『湖賊の中世都市・近江国堅田』横倉譲治　誠文堂新光社
『室町戦国の社会』永原慶二　吉川弘文館

一〇〇字書評

切り取り線

購買動機（新聞、雑誌名を記入するか、あるいは○をつけてください）

□（　　　　　　　　　　　　　　　　）の広告を見て
□（　　　　　　　　　　　　　　　　）の書評を見て
□ 知人のすすめで　　　　　　□ タイトルに惹かれて
□ カバーが良かったから　　　□ 内容が面白そうだから
□ 好きな作家だから　　　　　□ 好きな分野の本だから

・最近、最も感銘を受けた作品名をお書き下さい

・あなたのお好きな作家名をお書き下さい

・その他、ご要望がありましたらお書き下さい

住所	〒				
氏名		職業		年齢	
Eメール	※携帯には配信できません		新刊情報等のメール配信を 希望する・しない		

この本の感想を、編集部までお寄せいただけたらありがたく存じます。今後の企画の参考にさせていただきます。Eメールでも結構です。

いただいた「一〇〇字書評」は、新聞・雑誌等に紹介させていただくことがあります。その場合はお礼として特製図書カードを差し上げます。

前ページの原稿用紙に書評をお書きの上、切り取り、左記までお送り下さい。宛先の住所は不要です。

なお、ご記入いただいたお名前、ご住所等は、書評紹介の事前了解、謝礼のお届けのためだけに利用し、そのほかの目的のために利用することはありません。

〒一〇一−八七〇一
祥伝社文庫編集長　坂口芳和
電話　〇三（三二六五）二〇八〇

祥伝社ホームページの「ブックレビュー」からも、書き込めます。
http://www.shodensha.co.jp/bookreview/

祥伝社文庫

忍《しの》びの乱蝶《らんちょう》

平成30年 1月20日　初版第1刷発行

著　者　富田祐弘《とみたすけひろ》

発行者　辻　浩明

発行所　祥伝社《しょうでんしゃ》

東京都千代田区神田神保町 3-3

〒101-8701

電話　03（3265）2081（販売部）

電話　03（3265）2080（編集部）

電話　03（3265）3622（業務部）

http://www.shodensha.co.jp/

印刷所　堀内印刷

製本所　ナショナル製本

カバーフォーマットデザイン　中原達治

Printed in Japan ©2018, Sukehiro Tomita　ISBN978-4-396-34388-0 C0193